Die Zelle

Matthias Damm

Die Zelle

© 2005 Matthias Damm
Herstellung und Verlag: Books on Demand GmbH, Norderstedt
ISBN 3-8334-2108-8

1. Teil

1.

Ich bin wach. Das Erste, was ich feststelle. Traumloser Schlaf. Ich bin wach. Die Räumlichkeit, eine Zelle. Das merke ich sofort. Sie ist nicht sonderlich groß, eher klein. Rechteckig. Die Wände sind grau. Mein Blick fällt auf den Abort. Es ist ein Loch im Boden, weiß gekachelt. Das Einzige, das aus dem Grau herausbricht. Das weiß umrandete Loch im Boden. Ich versuche mich aufzurichten. Es gelingt nicht sofort. Das Bett ist hart, aber angemessen. Mir fällt das Braune auf der »Toilette« auf. Stille. Ich setzte mich. Hier bin ich also gelandet. Peinlich. Mein erstes Gefühl. Ich stehe auf, höre Stimmen hinter der massiven Metalltür. Ich hatte getrunken, daran erinnere ich mich. Es ist hell im Grau, obwohl das einzige Fenster nur eine kleine Milchglasbruchstelle in zwei Meter Höhe über dem Bett ist. Ich klopfe an der Türe, mache mich bemerkbar, nur leise, ich möchte nicht den Anschein erwecken, als wäre ich auf irgendeine Weise gefährlich. Alles ist angemessen. Niemand antwortet mir. Ich warte ein wenig. Ich klopfe wieder. Man antwortet mir. Ich verstehe nur wenig. Zehn Minuten muss ich wohl warten. Dann ist wieder Stille. Zehn Minuten können eine sehr lange Zeit sein, denke ich mir. Ich betaste meine Taschen. Man hat mir alles abgenommen. Nur mein Autoschlüssel ist mir geblieben. Warum? Wahrscheinlich haben sie ihn nicht bemerkt, obwohl er in derselben Tasche war, aus der sie meinen Wohnungs- und meine anderen Schlüssel genommen haben. Hier möchte ich nicht bleiben. Am meisten stört mich das Klo mitten in der Zelle, wie für ein Tier. Auch meine Uhr ist weg. Die Zeit ist seltsam hier. Ich verspüre keinen Drang, mich zu erleichtern. Ich stehe direkt vor der Türe. Ich klopfe. »Zehn Minuten!«, verstehe ich wieder in einem Schwall fremder Wörter. Dann bemerke ich erst die Kälte. Es ist kalt in dieser Zelle, denke ich. Das war es davor auch schon, nur es ist an mir vorbeigegangen. Nein, denke ich dann trotzig, nur dir ist kalt, aber das ist angemessen. Ich versuche, Worte und Sätze in jener fremden Sprache zu sammeln, um mich später verständlich machen zu können, um möglichst flüssig meine Erklärungen und Entschuldigungen vorzutragen.

Es ist zu kalt, ich zittere, aber ich will nicht unter die rauen, braunen und grauen Decken kriechen. Bloß nicht wieder ins Bett. Stehen, das musst du, damit sie dich bemerken. Man darf bei diesen Leuten nicht den Eindruck erwecken, dass man liegt, sonst lassen sie dich nicht heraus. So stehe ich vor der Türe in meinen Jeans und meinem schwarzen Rollkragenpullover. Besser frieren und zittern als liegen und auf den Lokus starren. Bald hat die Kälte alles Fühlen ergriffen. Ich versuche, denen hinter der Türe zu sagen, dass ich ruhig sein werde. »Dix minutes!«, tönt es wieder, aber sehr ruhig und gelassen, verständnisvoll, freundlich, einfühlsam, sympathisch. Ich gehe ein bisschen in der Zelle herum. Nun ist nur noch meinem Körper kalt, der sich schüttelt. Die Zelle riecht nicht. Das ist gut. Das ist mehr als angemessen. Ich hätte wohl durchaus Gestank verdient. Aber mein zitternder Körper ist die einzige Unannehmlichkeit. Ich bin auffallend nüchtern.

Es muss etwa acht Uhr sein. Aus meiner Erfahrung weiß ich, dass ich, wenn ich getrunken habe, immer sehr früh, meistens um acht Uhr, aufwache, um dann noch einmal im Laufe des Tages wieder einzuschlafen.

Mein zitternder, gefühlloser Körper in einer eher kleinen, grauen Zelle. Mit weißem angebräuntem Loch im Boden, um sich zu erleichtern. Das bin ich und alles, was geblieben ist. Ich mache keine Lockerungsübungen. In diesem Moment fixiere ich die Tür. In dieser Zelle zu bleiben ist Irrsinn. Niemand hat etwas davon. Es nützt mir nicht, und es nützt denen nicht. Ein leichtes Klopfen an der Zellentür. Keine Antwort. Ich bin ein Bürger, im besten Sinne des Wortes. Ich habe einen Fehler gemacht, deshalb ist mein Warten gerechtfertigt, aber das hier hat keinen Sinn, für niemanden. Ich habe keine Gefühle, dafür ist mein Körper zu kalt. Ich weiß, dass diese Zellentür hier nicht für mich gemacht ist, aber ich hoffe, dass sie sich öffnet. Ich bewundere das Fenster.

Es ist winzig, über dem Bett, und doch flutet das diffuse, weiße Licht diesen kargen, grauen, tristen Raum. So vergeht die Zeit. Indifferent, jedoch nur im Sekunden- und Minutenbereich. Ab und zu klopfe ich ein bisschen, damit man nicht vergisst, dass ich existiere. Diese Zelle ist eine wirklich gute Konstruktion, nur das Klo stiert mich an, es ist das Einzige, was aus dem Grau herausbricht. Einem zivilisierten Menschen würde man so etwas niemals anbieten. Das ist ihre Taktik, denke ich mir. Der erste wirkliche Gedanke. Das Klo gehört dazu, sie wollen es dir zeigen. Dann verwerfe ich diese Theorie. Auf ihren Autobahnraststätten sieht es genauso aus. Eigentlich ist es sogar auf eine gewisse Weise zuvorkommend, mir diese Möglichkeit in der Zelle zu geben, nur, hätte ich diese Konstruktion entworfen, ich hätte es durch irgendeine Wand abgetrennt. Ich hauche aus. Mein Atem kristallisiert nicht. Es mag nicht warm sein, aber was zittert, das ist nicht der Raum, sondern das bist du! Mein leichtes Klopfen wieder. »Mesdames, Messieurs, s'il vous plaît!« Nichts. Ich empfinde zum ersten Mal Gefangenschaft.

2.

Dann endlich geht die Tür auf. Ich habe noch einige Male klopfen und pochen müssen, still und zurückhaltend natürlich, um zu zeigen, dass ich kein Unruhestifter im engeren Sinne des Wortes bin. Mein beharrliches, gutmütiges, vielleicht etwas demütiges Klopfen sollte zeigen, dass ich zur Zusammenarbeit bereit bin und die notwendigen Prozeduren, die so ein Fall natürlich immer mit sich bringt, gelassen und verständnisvoll über mich ergehen lassen werde. Der Polizist, der vor mir steht, ist ein großer, sehr großer, junger, blonder, etwas beleibter Hüne, müde, das sehe ich. Er fragt mich, ob ich ruhig sein werde. Er fragt noch mehr, was ich nur nicht verstehe, doch ein ruhiges Kopfnicken und ein mehrfach wiederholtes »Oui« scheint mir die beste Antwort. Er nickt. Ich darf die Zelle also verlassen. Wir beide gehen schweigend durch einen hellen, halogenbeleuchteten Gang. Es ist wärmer hier, das ist gut, trotzdem zittere ich. Unser erstes Ziel ist ein kleiner Abstellraum im Stile einer Zelle, nur ohne Abort. Er zeigt mir eine kleine Metallbox. Ja, das sind meine Sachen, nur mein Geldbeutel und meine Papiere fehlen. Dann lässt er mich stehen und zeigt mir einen weißen Anorak. Ja, das ist meiner. Er nickt und gibt ihn mir. Den Kasten mit meinen anderen Sachen behält er in der Hand. Ich ziehe die weiße Jacke an, damit mir warm wird. In einer versteckten Seitentasche, von der ich bis dahin noch keine Ahnung hatte, finde ich, Gott sei Dank, meinen Geldbeutel. Ohne Geld zwar, hundert Euro waren am Vortag noch darin, aber das stört mich nicht, wenigstens meine Papiere sind da, das ist das Wichtigste. Der große Polizist steht vor mir. Ja, wir können weiter. Auf dem engen Gang frage ich nach dem Geld. Er zuckt mit den Schultern. Seinen Worten glaube ich entnehmen zu können, dass sie meine Sachen nicht angerührt haben. Meine Erinnerungen sind weniger als bruchstückhaft. Er führt mich in den Aufenthaltsraum der Polizisten. Es ist ein großer Raum, auffallend groß, mit zwei Tischen darin. Zugegen sind noch ein alter, ergrauter Polizist und eine Frau, sehr stämmig, kräftig, kurzes rotes Haar, militärischer Schnitt. Sie ist lesbisch, das meine ich sofort erkennen zu können. Alle haben blaue Uniformen an. Licht brennt, obwohl das gegenüberliegende Fenster eigentlich genug Licht hereinließe. Draußen schneit es. Der große Polizist, der mich hereingeführt hat, bietet mir einen Stuhl am vorderen Tisch an, dann geht er zu einer Kochnische, die mir am Anfang nicht aufgefallen war. »Ja, einen Kaffee«, sage ich, »das wäre sehr nett.« Man redet nicht mit mir. Schweigend stellt er mir eine Tasse frischen, starken Kaffee hin, dann nimmt er sich auch einen. Ein konstantes Surren, wahrscheinlich vom Licht, ist das Einzige, was ich höre. Der Schnee fällt in schönen dicken Flocken. Ich komme mir hier sehr lächerlich vor. Sitzend, einen weißen Anorak tragend, regelrecht vermummt, trinke ich meinen Kaffee und zittere trotzdem wie Espenlaub. Der alte Polizist liest eine Zeitung. Das zischelnd flatternde Umblättern des Papiers durchbricht als Einziges das monotone Surren. Dann trinke ich schnell den Kaffee, um alles zu beschleunigen, doch es nützt gar nichts, denn der Hüne, der wohl als Einziger für mich zuständig ist, hat Zeit und schlürft genüsslich seinen schwarzen Kaffee, das Einzige, das seine müden blutunterlaufenen Augen noch wachhält. Da er hinter mir steht, muss ich mich umdrehen. Er lässt sich von mir mustern. Nun erst fällt mir auf, dass er eine kleine Wunde am Mund hat. Nein, eigentlich hatte ich sie schon bemerkt, nur dass sie frisch sein muss, erkenne ich erst jetzt. Um überhaupt etwas zu reden, frage ich, was ihm passiert sei. Ich brauche jetzt Sprache, Menschen, die sich mit mir unterhalten. Kommunikation. Ohne Regung antwortet er, ich sei das gewesen. Ich schlucke, bin entsetzt über mich, entschuldige mich, demütige mich, winde mich, indem ich versuche, immer kleiner zu werden auf dem Stuhl, auf dem ich sitze. Er macht eine wegwerfende Handbewegung. Gleichgültigkeit. Nicht einmal wütendes Unverständnis, nicht einmal Verzeihen. Gleichgültigkeit. Man kennt das. Tätlicher Angriff auf einen französischen Polizisten, denke ich mir aufgewühlt, das wird ein Nachspiel haben. Ich schäme mich.

Mir wird etwas schlecht. Der alte Polizist liest lächelnd seine Zeitung und schüttelt leicht den Kopf.

Dann, nach endlosem Warten, mein Polizist hatte noch einige Worte mit der Lesbierin gesprochen, scheint es endlich weiterzugehen. Ich, ein kleines, zitterndes Häufchen Elend, gehe hinter dem großen Polizisten her; wäre eine Sonne über uns, in fast jedem Winkel ginge mein Schatten in seinem auf. Wir gehen gerade wieder durch den Gang, dann offenbar in das Büro. Vier Arbeitstische, auf allen Computer, Kalender an der Wand. Ich setzte mich. Zuerst fordert er mich auf, ihm meinen Namen zu nennen, dann erst verlangt er als Bestätigung nach meinem Personalausweis, »de ma carte d'identité«. Ach, ich sei Deutscher. Ich sehe ein verschmitztes Lächeln. Ja, sage ich. Er habe gedacht, ich sei Engländer, warum, das wisse er nicht, aber er irre sich selten. Ich stutze ein wenig, normalerweise merken alle Franzosen immer sofort, dass ich Deutscher bin. Vielleicht weil ich getrunken habe. Er versucht, meinen Namen deutsch und englisch auszusprechen oder zumindest, wie er glaubt, wie Deutsche und Engländer sprächen. Es geht tatsächlich beides. Dass ich Deutscher bin, scheint ihn zu freuen. Er habe es fast ausschließlich mit Engländern zu tun in dieser Jahreszeit, dort seien nämlich Ferien, und er könne keine Engländer mehr sehen. Dann redet er noch sehr viel, das verstehe ich jedoch nicht mehr. Erst als er anfängt, von Deutschland zu erzählen, er habe einmal zwei Wochen in Frankfurt verbracht, komme ich wieder mit. Da sitze ich und lächle und bestätige ihm ab und zu Dieses oder Jenes. Woher ich käme, er schaut es direkt in meinem Ausweis nach. Aus Ansbach. Kennt er nicht. »Aus Bayern«, sage ich. »Ach ja, Bayern.« Dann nimmt er meinen Fall auf. Da er nicht sonderlich geschickt im Umgang mit einem Computer scheint, sucht er zwar nicht jeden einzelnen Buchstaben, tippt sie aber alle bloß mit beiden Zeigefingern ein; so vergeht die Zeit quälend langsam. Ich frage, wann ich gehen könne. Er zeigt mir mit seinen Händen, dass ich mich gedulden muss. Während ab und an ein einzelner Finger auf die Tastatur trifft, sitze ich still auf meinem Stuhl. Wie ich das Blut zum ersten

Mal bemerke, das an meiner Wäsche, besonders dem Anorak, klebt oder eingetrocknet ist, weiß ich nicht, es wundert mich noch sehr viel mehr, dass ich es bis dahin noch nicht bemerkt hatte. Es dauert, so habe ich Zeit und stelle fest, vom Polizisten aus den Augenwinkeln beobachtet, dass an meiner Hand einige Schrammen sind. In dem Moment, da ich sie entdecke, fangen sie an, leicht zu ziehen.

3.

Später sitze ich wieder in derselben Zelle. Gedanken schlagen von allen Seiten in meinen Schädel, prügeln sich regelrecht, drängen sich in den Vordergrund, drängen sich vor meine Augen, fluten, spülen gegeneinander, durchdringen sich, ein gewaltiges tosendes Meer. Und weil mich so viel beschäftigt, beschäftigt mich fast nichts. Nachdem mein Fall aufgenommen worden war, fragte mich mein Polizist, ob ich telefonieren wolle. Ich entgegnete in einem langsamen Französisch, denn man muss die Worte vorsichtig wählen, dass ich dachte, glaubte, nein doch besser hoffte, dass ich bald wieder gehen dürfe. Die Stadt sei ja relativ klein, es dürfte nicht so weit sein bis zu meiner Herberge. Ob ich heute noch Ski fahren wolle, fragte er. Nein, ich sei wohl zu erschöpft. Er wolle ganz offen zu mir sein, eröffnete er seine kurze Rede, die ich sehr gut verstand. Ich hätte ja getrunken, was nicht schlimm sei, es stehe ihm nicht zu, mich in irgendeiner Weise zu verurteilen, jedoch sei der Polizei bereits ein gewisser Aufwand entstanden. Nun solle ich mich deswegen nicht grämen, ich sei ja kein Einzelfall, dazu allerdings noch der Angriff auf einen Beamten, den er mir natürlich nicht nachtrage, das alles müsste seine Ordnung haben, weshalb ich noch hier zu bleiben hätte. »Wie lange?« Nicht lange, aber es müsse noch einiges geregelt werden. Also, ob ich jemanden anrufen wolle. Das traf mich hart. Ich dachte nach. Nun schätzte ich meine Lage nicht allzu katastrophal ein, ich war ja, wie gesagt, noch nie mit der Polizei, noch nie mit dem Gesetz in Konflikt geraten, weshalb mir der Gedanke an einen Anwalt überhaupt nicht kam, und selbst wenn ich mit ihm gespielt hätte, er wäre mir überzogen vorgekommen. Ja, wen wollte ich anrufen? Meine Reisegruppe. Ich muss sagen, ich kenne lediglich meinen Onkel aus jener Gruppe, der Rest sind teilweise Freunde und Bekannte von ihm, viele sind uns beiden unbekannt. Ich war nur mitgekommen, um nach Jahren endlich wieder einmal Ski fahren zu können. Mein Onkel besitzt jedoch kein Mobiltelefon, weshalb wir zunächst beim Personal des Hotels anrufen mussten, das mich dann weiterleitete. Während ich wartete, haftete mein Blick auf dem Kalender.

Was mir jetzt, hier in dieser Zelle auf meinem Bett sitzend und meine zerkratzten Hände anstarrend, besonders auffällt, ist eine ziellose, objektlose Gespanntheit, eine völlige Klarheit, das Ziehen jedes Muskels, was doch vollkommen unnötig ist, eine sinnlose Kraftanstrengung, unter der mein Körper steht.

Dann hörte ich zunächst eine hohe, sächselnde Männerstimme. Es war unser Zimmernachbar. Er sprach viel, ich bat ihn, mich an meinen Onkel weiterzureichen. Ein ruhiger, stoischer Mann, Finanzbeamter, ein Fels. Er lachte ein bisschen, ich glaube nicht einmal gezwungen. »Na, da hast du ja noch einmal Glück gehabt. Tja, Besoffene haben eben einen Schutzengel!«, beruhigte seine raue Stimme. Seine Nacht war schlaflos gewesen, meinetwegen. Wenn ich doch Erleichterung hätte zeigen können. Ich schilderte ihm meinen Fall. Sein Lachen blieb ihm im Halse stecken. »Schöner Mist.« Er fragte, wie lange ich bleiben werde. Ich konnte es nicht sagen. Er und die anderen sollten aber nicht auf mich warten und auf jeden Fall zum Ski fahren gehen. Na ja, man werde sehen. Er sagte natürlich nichts. Ich habe seinen Urlaub versaut. Ob ich etwas bräuchte. Einen Anwalt vielleicht? Ich winkte ab. Zahnpasta, Zahnbürste. Wäsche. Vielleicht eine Zeitung. Mich interessierte plötzlich, was um mich herum geschah. Das Auflegen schließlich die Erlösung. Sicherlich für uns beide. Dieses Gespräch sollte das erste mit einem Menschen gewesen sein, dessen Vertrauen ich nicht wert gewesen war. Das erste Bild von mir, welches man Stück um Stück zerstörte. Das Erste, das meine alten, liebgewonnen Fesseln brach.

Nun sitze ich also wieder in meiner Zelle. Ich hatte noch etwas Leitungswasser getrunken. Hunger werde ich für Stunden nicht haben. Wir Menschen in der Welt der Reichen vergessen das manchmal, um so schmerzlicher ist die Erinnerung, aber bei fast allen von uns fordert immer zuerst der Körper seinen Tribut, bevor der Geist schaffen und analysieren kann, Mensch sein kann. Die ersten Gedanken sind dann relativ pragmatisch. Der Schaden für mich und meine Zukunft, für die Karriere, an deren Anfang ich noch stehe, muss um jeden Preis, mit allen Mitteln klein gehalten werden. Man muss an später denken. Das hier geht vorbei, ein großer Teil deines Lebens harrt deiner noch, so viel wie möglich hinüberretten! Das Hauptproblem ist, dass ich nicht genau die Dimensionen und Verhältnisse abschätzen kann. Was das Schlimmste wäre, fällt mir nach etwas Nachdenken ein. Ich muss beim Schlimmsten beginnen, um das Problem einzukreisen. Also das wäre, wenn ich auf irgendeine Weise vorbestraft bliebe. Ja, das muss als das Mindeste angesehen werden. Dieser Vorfall darf nicht in meinen Akten bleiben. Das ist jetzt und überhaupt das Wichtigste. Ich bin EU-Bürger. Man wird mich vorerst auf freien Fuß setzen. Das ist klar. Die Bettdecke kratzt, obwohl man hier sogar an den einfachsten Wahrheiten zu zweifeln beginnt, wie etwa an der Rechtstaatlichkeit unserer Polizei, zwar nie als Tatsache von mir bestritten, ein flaues Gefühl jedoch bleibt.

Meine hilflosen Versuche, mich an die vergangene Nacht zu erinnern. Ich sehe mich nur noch, wie ich, ja, was mache ich? Ich renne stapfend durch den Schnee. Das Wichtigste ist, dass meine Weste rein bleibt. Nein, das glaube ich zu denken, was wirklich hinter meinen Schläfen hämmert und was allmächtig ist, da dieser kleine graue Kasten mit Lokus und Milchglas ihm nichts entgegenzusetzen vermag, ist etwas anderes. Es ist Furcht. Furcht und Grauen. Klaustrophobische Angst vor dem Sein in der Zelle. Vielleicht sollte man einen Anwalt einschalten, um sicherzustellen, dass wirklich keine Vorstrafen an mir hängen bleiben. Ja, ja, das ist richtig, das werde ich machen. Du bist hier gefangen. Du bist ausgeliefert. Ich werde die eventuell um einen Dolmetscher bitten. Es geht um meine Zukunft, ich habe eine. Du bist nicht frei, abhängig. Alle Menschen sind unfrei, wisse, gestern hast du dich noch gewehrt, heute bist du hier, morgen wirst du wollen. Ich laufe durch die Zelle von der Seite mit dem Scheißort zur anderen Wand. Wie wild. Klarheit wandelt sich in namenlose Panik. Ich springe schon zur Gusstür, um dagegen zu pochen. Doch ich kann es verhindern. Gebiete mir Einhalt, schlage mir selber in den Bauch. Gesichts- und namenlos ist meine Angst. Ich kann sie nicht greifen, durch keinen Gedanken verbannen. Sie ist mit mir in diesem engen Raum. Mein Hals streckt sich nach oben. Mein Kopf reckt sich nach der Decke. Es schnürt meinen Hals zu. Graue Luft, graue Wand, grau alles, ohne Farbe. Könnte ich mich selbst als Außenstehender beobachten, würde ich nicht dort in der schmalen, engen, fahlen Zelle den Kopf zur Decke recken, ich schämte mich um meiner Selbst. Sei ein Mann. Stärke, das ist eine würdige Einstellung. Doch in diesem Moment denke ich gar nicht daran, mir fehlt im Moment die Gabe, mich von außen zu betrachten. Ich drehe mich um mich selbst. Stark zu sein, es wäre sinnlos. Ein Mensch, der verblutet, der weiß, dass er stirbt, der ist nicht stark, der ist ein Sohn (Wissen aus dem Fernsehen), der schreit nach seiner Mutter. Mein Leben, sofern ich bislang überhaupt eines hatte, es ist nun auch vorbei. Ich habe es jetzt schon fast vergessen, nach wenigen Stunden. Sind es überhaupt schon Stunden? So leicht wiegt mein Leben, wog es, da es als Feder davonfliegt. Ich mache keine Vorsätze, gelobe nichts feierlich, wie ich es mir für solche Situationen vorgestellt hätte. Meine pathetischen Gedanken an ein neues Leben, das Ganze als Chance zu begreifen. Das neue Leben ist schon da. Etwas endet, etwas Neues beginnt. Und was war davor? Es ist nichtssagend. Wäre es doch wenigstens schlecht gewesen, mein bisheriges Leben; es ist lediglich belanglos, aber zum Glück werde ich bald dahin zurückkommen, dann ist das hier vergessen. So, wie die meisten Tage unseres Lebens belanglos dahinziehen, ohne eine tiefe Spur zu hinterlassen. Ganze Jahre können in wenigen Momenten gedacht werden. Ich werfe mich auf das Bett, drücke meinen Kopf in die harten Decken, ziehe ihn wieder heraus. Es will kein Optimismus kommen. Keine stoische Ruhe. Ich habe einen leichten Tremor, ein Zittern, das in meinem Körperinneren begann und das bald an alle Oberflächen dringt. Stück für Stück wird dem Körper kälter, und er zittert, und es dauert ewig, bis er sich endlich einmal ordentlich durchschüttelt. Eine

Gänsehaut bleibt. Die Zeit wird hier zu einem elastischen dehnbaren Band. Irgendwann gibt es Mittagessen. Ohne Appetit esse ich etwas Lasagne, die aus der kleinen Kantine des Rathauses gebracht wird. Ich brauche Kraft, impfe ich mir immer wieder ein. Als der Wärter die Teller holt, frage ich ihn, wie es um meinen Fall stehe. Er nickt, er scheint selber hart arbeiten zu müssen. Es tue ihm sehr Leid, aber der hiesige Richter, ich glaube, er spricht von einem Richter, sei jedenfalls im Urlaub, weshalb sie sich an eine höhere Stelle beim Departement hätten wenden müssen. Könne man das nicht ganz einfach hier regeln? Nein, er bedauere, das seien nun einmal die Vorschriften. Aber ich solle mir keine Sorgen machen. Ob ich einen Anwalt benötige, frage ich. Früher oder später: ja. Einen Übersetzer? Früher oder später: ja. Gespräche hier haben die Eigenschaft, dass man sehr viel erfährt und am Ende so klug über die eigene Situation ist wie am Anfang. Mit der Zeit werde ich etwas ruhiger. Ich sehe meinen Onkel kurz, er bringt mir meine Wäsche, er scheint es doch nicht mehr so ernst zu nehmen. Lehrgeld. Er bringt mir meine beiden Koffer, die vorerst in der Asservatenkammer stehen. Eine deutsche Zeitung gibt er mir auch. Ich versuche, ihn so lange wie möglich hier zu halten. Die Zeit vergeht in einem Wisch. Mein Weltbild und meine Persönlichkeit ändern sich nicht mehr, die Übergänge werden weniger ruckartig, das Pendel schwingt über einem Schwerpunkt aus. Zum ersten Mal wird es draußen düster, der erste Abend »hinter Gittern«, man sollte lachen. Beim Abendessen sagt mir der Hüne, ich müsse so oder so nur noch diese Nacht hier in dieser Zelle verbringen, es wäre nämlich ordnungswidrig, jemanden länger als 36 Stunden in einer solchen Zelle einzusperren. Der Richter hätte sich meinen Fall zwar angesehen, aber wohl nur pro forma, damit nicht gegen irgendein Gesetz verstoßen werde. Morgen würde ich wohl freikommen. Ich frage ihn, ob ich auf irgendeine Weise vorbestraft bleiben würde, was sich als äußerst schwierig erweist, da dieses Vokabular nicht wirklich zum Schulfranzösisch gehört. Folglich verstehe ich nichts von dem, was er sagt. Sein beschwichtigendes Lächeln stimmt mich jedoch froh. Ich darf schließlich noch einmal aus der Zelle, da ich ihm sage, ich wolle nicht auf dieses Klo. Wieder Halogenlicht, aber dunkelgelb gestrichene, bröckelnde Wände; über die Trennwand hinweg unterhalten wir uns über Formel 1, und schließlich darf ich dann noch einen Teil des Abends im Aufenthaltsraum der Polizisten verbringen. Es findet ein Fußballspiel statt. Balsam für meine Seele. Irgendein europäischer Pokal. Eine deutsche Mannschaft zu Gast bei einer französischen. Ich lüge, ich sei Fan von jener Mannschaft. So verbringe ich den Abend mit den Polizisten. Wegen der Abwechslung schlafe ich dann auch überraschend gut ein. Natürlich weiß ich nicht, wieviel Uhr es ist, als ich erwache, vielleicht gegen zwei oder drei Uhr. Ich schlafe nicht mehr ein. Meine Arme hinter dem Kopf verschränkt zur Decke emporstarrend, liege ich auf dem Bett. Ob durch das Milchglas der Mond oder eine Straßenlampe leuchtet? Das kalte Licht. Ich kann es nicht sagen. Dadurch wird die Zelle sehr hell. Nun ist es wirklich eisig grau, keine einzige Farbe. Meine Haut, grau, meine Haare, grau, ich stehe nur kurz auf, grau, meine Kleidung, meine Lippen, grau meine Hände. Grau und still. Tot. Alles. So vergehen die Stunden. Freiheit, das denke ich mir. Der Satte könne den Hungernden nicht verstehen. Der Freie könne den Unfreien nicht verstehen, denke ich mir und bestätige es mir selbst. Das ist der einzige Triumph dieser Nacht. Der Rest ist ein ödes, langatmiges Vegetieren, frierend vor Scham, gedankenverloren auf einem Bett treibend und doch so schrecklich fest mit diesem Boden verbunden; Tristesse umgibt mich wie ein Seidentuch, die Einsamkeit, das Alleinsein schnüren mich, bis mir noch gerade Atem bleibt, um nicht zu entschlafen. Du wirst nie mehr frei. Nie mehr frei. Nie mehr frei, höre ich es pochen. Wer weiß, was später kommt. Ich komme morgen frei.

4.

Irgendwann ist es Tag geworden. Ich stehe wieder vor der Türe. Wie habe ich mich danach gesehnt. Meine Gedanken gingen immer wieder zur Türe. Bald war sie das Ziel meiner Sehnsucht geworden, ihr quietschendes Öffnen, die Offenbarung meiner Wünsche. Die Zeit wurde greifbar im Angesicht der Tür, im Angesicht der Wand vor mir. Als ich mitten in der Nacht erwachte, da war die Wand mir gegenüber noch von einer unbestimmten dunklen grauen Färbung, ein karger, leerer Spiegel.

In diesem Moment klopfe ich gerade leicht gegen die Türe. Poch, poch. »Mesdames, Messieurs.«

Dann, nachdem Stunden der Nacht über mich hinweggerollt waren, sah ich, ganz genau empfinde ich es noch hier vor der Türe, wie die Sonne zum ersten Mal begann, Macht zu gewinnen. Der Mond, für mich war es nun der Mond, war davor bereits in einer Schwächung begriffen, und es war sogar noch etwas dunkler geworden, als plötzlich eine Wende stattfand. Gelangweilt vom monotonen ziellosen Herumliegen hatte ich emotionslos auf die verhasste Zellenwand mir gegenüber gestarrt. Am Abort vorbei fixierte ich ohne Wunsch, ohne Hoffnung, gefühllos die schmutzige, farblose Wand, als ich es sah, diesen Moment, als die Intensität der Leuchtkraft infinitesimal zugenommen hatte. Das riss mich aus der Lethargie. Zunächst ungläubig, dann mit jeder Stufe, mit jedem kleinen fließenden Fortschritt wurde mein Interesse mehr und mehr geweckt. Ständig Angst, mich getäuscht zu haben. Und ich strengte sogar die noch schlafende Phantasie an und bildete mir ein, einen leicht rötlichen, einen leicht goldenen Glanz an der Wand entlanghuschen zu sehen. Stunden dauerte der Prozess. Am Ende war es Tag.

Ich stehe vor der Tür. Keine Antwort. Bin es gewohnt. Vielleicht noch zu früh. Trete kurz mit dem Fuß gegen die Wand unmittelbar neben der Tür. Dann im Kreis laufen. Reizarmut, trotzdem schmeckt die Luft etwas frischer. Die Knochen krachen. So schleppt sich alles langsam behäbig voran.

5.

Der Hüne scheint immer müde zu sein. Doch auch die anderen beiden Polizisten sind es an diesem Morgen. Die Stimmung im Büro, in dem wir uns alle befinden, ist anders, als ich dachte, dass sie sein würde. Ich sitze wieder auf dem Stuhl, auf dem ich gestern schon gesessen habe, vor mir sitzend der Hüne, hinter ihm stehend die Lesbierin. Der ergraute Polizist hinter mir. Ich drehe mich nicht um. Er sitzt vielleicht auf dem Tisch, aber ich weiß es nicht. Es ist ein schöner Morgen, aber am Himmel scheint es sich doch zusammenzuziehen, vielleicht braut sich etwas zusammen. Es kann heute noch einmal schneien. »Worauf warten wir?« Sie sprechen wieder nicht mit mir. Ab und zu wandert ihr Blick auf die Armbanduhr. Ach so, auf den Dolmetscher. Der Hüne gibt mir widerwillig, gelangweilt, ausatmend Antwort. Ist das eine Art? Ich will fragen, ob wir denn noch wirklich einen Dolmetscher bräuchten, schließlich seien wir doch schon fast am Ende. Doch ich lasse es, die Stimmung ist zu schlecht. Sie ist sonderbar. Sie unterdrücken merklich ihre Erregung. An Gestik und Mimik erkenne ich, dass sie etwas vorbereiten. Sie reden auch nicht miteinander. Selten Augenkontakt untereinander. Schließlich kommt der Übersetzter. Dann sofort die ätzende Erkenntnis, der junge Mann spricht nur unwesentlich besser deutsch als ich französisch. Das ist ihre Taktik, will es mir kommen. Ich lächle.

Ich solle schildern, was vorletzte Nacht geschehen sei.

Ich kann mich nicht daran erinnern.

Ich solle nachdenken.

Das Einzige, und dafür verbürge ich mich nicht, ist, dass ich mich rennen sehe.

»Wohin?« – »Weiß ich nicht.«

»Warum?« »Je ne sais pas. «

Woher das Blut an meiner Hand und meinem Anorak komme.

»Ich habe mich wohl irgendwo aufgeschürft, vielleicht ist auch etwas Blut von Ihnen dabei, Monsieur.«

»An Ihrem Ellenbogen?« Das ist wahr, an meinem Ellenbogen war tatsächlich etwas Blut.

Ob das nicht möglich sei, frage ich. »Kaum!«

Sie alle nehmen nun ihre Positionen ein. Ein Verhör. Ich höre dem Übersetzter nicht zu, der zweimal die gleiche Frage stellt. »Was geht hier vor?« frage ich auf Deutsch. »Wird mir etwas zur Last gelegt?« Den letzten Satz hat der »Traducteur« nicht sicher verstanden, er gibt nur den ersten wieder. Schweigen im Raum, Schweigen überall, auf der ganzen Welt.

Also gut, man habe eine Tote gefunden. Jetzt sehe ich, worauf das alles hinausläuft. Oh Gott! Ein Schlag fährt gegen meinen ganzen Leib. Man habe mir davon gestern nichts gesagt, um mich nicht zu erschrecken. Sie hielten mich wohl für einen aggressiven, aber alles in allem eher harmlosen Trunkenbold. Ich trinke nur selten, denke ich. Aber die Tote wurde nahe des Supermarktes gefunden, wo man mich aufgegabelt habe, etwa drei Stunden nach meiner Festnahme. Gestern Morgen. »Kurz bevor Sie erwachten, haben wir einige Proben Blut von Ihrem Anorak genommen und mit dem Blut der Toten verglichen. Zwei stimmen überein.«

»Das Mädchen war noch keine zwanzig«, höre ich den Alten hart hinter mir sagen.

Verdammt. Verdammt. Scheiße. Wo bin ich? Ich bin unschuldig! »Hört Ihr, hören Sie? Ich habe nichts gemacht, nichts getan. Ich kann mich nicht erinnern.«

»Woher wissen Sie dann, dass Sie unschuldig sind?«

»Ich weiß es einfach, ich könnte niemals jemanden töten.«

»Warum haben Sie dann einen Polizisten geschlagen?«

»Das ist doch etwas völlig anderes, ich hatte getrunken. Aber ich bin kein Mörder, ich schwöre es.« Schweigen. Ich will sofort einen Anwalt. Und ich will nach Deutschland telefonieren. Man ist einverstanden.

Das Verhör geht noch etwas weiter, doch ich weigere mich, irgendetwas zu sagen. Ich habe ein Recht. Der alte Polizist ballt unter dem Tisch die Faust, das sehe ich. Er muss seine Wut und seinen Zorn über mich zurückhalten. Vorläufiger Haftbefehl.

Ich komme in eine andere Zelle. Der Hüne begleitet mich. Ich bleibe vorerst in dieser Gendarmerie. Kein Gang war mir je so elend.

Der nächste tiefe Einschnitt: Die Zelle, die nun im ersten Stock liegt, ist keine Einzelzelle mehr. Das ist also das Nächste, was mir genommen werden soll. Ich bin mir durchaus bewusst, dass normalerweise Einzelhaft eine schlimme Strafe und Züchtigung darstellt, dass eben besonders gefährliche Verbrecher so verwahrt werden und dass sie als Maßregelung und als Disziplinarmaßnahme Anwendung findet. Frei gewählte Einsamkeit ist eine Form der Freiheit, vielleicht sogar Freiheit. Aufgezwungene Einsamkeit ist Alleinsein, Verlassensein. Dessen bin ich mir bewusst, doch in diesem ersten Moment, da ich dieser Tatsache gewahr werde, empfinde ich mein bisheriges Alleinsein zumindest als einen gewissen Rest von Privatsphäre. Sie geben mir also keine Gemeinschaft wieder, sie nehmen mir vielmehr mein letztes Refugium. Es ist absurd, geradezu hirnrissig, mich mit einem anderen Menschen in einem kleinen Raum einzusperren. Ob ich protestieren würde, taumelte ich nicht gerade in einem schwindelndem Delirium? Möglich. Die neue Zelle ist natürlich größer als die alte, die nur zu Ausnüchterungszwecken gebaut zu sein schien, jedoch nicht doppelt so groß. Es gibt ein richtiges Fenster nach draußen. Ein Stockbett. Der andere muss schon länger hier leben, das untere Bett scheint seines zu sein. Ein Waschbecken. Normale Toilette im Raum. Diese elenden … Ein zirpendes Surren schmerzt im hinteren Teil meines Schädels. Als ich eintrete, sitzt der andere gerade auf dem Klo. Es ist grotesk. Er wird von dem Polizisten freundlich gegrüßt. Der gelbgestrichene Raum stinkt nach Fäkalien. Das billige Bett, das Licht des Fensters, das Foto an der Wand, der Selbstbauschreibtisch mit den Büchern, der graue Linoleumboden, die stehende Zellenluft, alles hier stinkt. Der Polizist hinter mir schiebt mich beharrlich über die Schwelle. Ich trage meine beiden Koffer, schlaff hängen die Arme, der fremde Mann sitzt zu meiner Linken auf dem Klo, verpestet meine Atemluft. Gitter stieren aus dem Fenster. Metall verhöhnt mich. Die Türe hinter mir schließt sich. Ich werde benommen. Ekel vor allem. »Sorry, I' ll have finished in one minute«, und ich höre, wie er Gase und Scheiße und Urin noch einmal mit großer Kraftanstrengung aus seinem Körper drückt. Würde ich nicht dagegen ankämpfen zu erbrechen, ich würde denken, die Welt sei grotesk. Ich stelle meine Koffer vor das Fenster, das scheinbar nur anzulehnen ist, und öffne es, ohne zu fragen. Es kommt schneidend kalte Luft herein. Währenddessen höre ich hinter mir die Spülung, drehe mich jedoch noch nicht um, um dem Mann seine Intimsphäre zu lassen, deren Bedeutung er nicht hoch einzuschätzen scheint. »I'm sorry, but I don't speak any french, or at least very badly. You are French?" Nein, ich sei Deutscher, sage ich, das Gesicht noch in Richtung Fenster. Erst als ich seinen Reißverschluss höre, drehe ich mich um. Oh, das freue ihn. Er sei Italiener, habe aber einmal vier Jahre lang in Deutschland gelebt. Mein Leben verkommt zu einer Farce. »In Köln, direkt am Rhein.« Vor mir, in etwa drei Meter stinkender Entfernung, steht ein hagerer, grauhaariger, etwa 50 Jahre alter Italiener, freundlich lächelnd, minimalistische Brille, gelbe Zähne. Kurzes Schweigen. »Sua casa è mia casa«, sage ich. Er lacht. Ja, ich spreche auch ein wenig Touristenitalienisch. Wir stellen uns einander vor. »Dase freude mich seeher!« Er hat ein schreckliches Deutsch, ausgewaschene Jeans, einen fusselnden gelben Pullover (in der Farbe der Wände), Tränensäcke unter der Brille. Die Wangen sind zu hängenden Lefzen verkommen, was sein Gelehrtengesicht aussehen lässt wie das einer hässlichen Dogge. Er scheint ein ruhiger gelassener, schlecht rasierter Mann zu sein. Ich lege mich auf mein Bett. Der Gestank vergeht für Stunden nicht, nur kalt wird es, und ein wenig Gewöhnung tritt ein. Meine Gedanken kreisen wieder.

Meine Situation, der Weg, den ich durch die Zeit nehme, es ist wie ein Irrweg, ein Missverständnis, eine Variante meines Lebens, die durchgespielt wird und für zu leicht befunden wird. Es ist, als wäre ich nicht ich, diese Welt nicht die Welt, als wäre meine echte Existenz irgendwo anders, in der Heimat, würde Karriere machen, Kinder zeugen, ein Leben führen, frei sein. Es ist, als wäre ich ein durchgespieltes Szenario meiner Selbst, das niemand braucht, aber das zur Vorschrift gehört. Als wäre ich der Abfall einer Fülle von Möglichkeiten, die gleichzeitig ablaufen. Man trifft Entscheidungen und muss mit den Konsequenzen leben. Habe ich das hier gewählt? Es ist mir wohl nicht aufgefallen. Aber es muss so sein. Die Zimmerdecke ist hier nur knapp über mir. Ich drehe mich um. Blicke nach unten, der Italiener sitzt auf dem Stuhl am Schreibtisch. Er liest, markiert sich Stellen in seinem Buch. Was er lese? »Die Göttliche Komödie.« Unglückliche, die ihr durch diese Tore tretet, lasst alle Hoffnung fahren! So ähnlich heiße es doch, frage ich ihn. »So ähnlich«, murmelt er mechanisch ohne aufzublicken. Er scheint nicht willens zu sein (und nebenbei bemerkt, auch nicht körperlich in der Lage), mir physische Gewalt anzutun. Das stelle ich beruhigt fest, dann schlafe ich ein.

Was ich zuerst spüre, ist ihre Haut. Ich fühle ihre sanfte, seidene Haut, die unter meinen Berührungen warm zuckt. Dann der Duft, der Duft ihrer langen schwarzen Haare. Ich spüre, wie sich ihr Körper, ihre schweren Brüste gegen den meinen drücken, ich streife ihr langsam eine Strähne aus dem Gesicht, ihr roter Mund lächelt, ihre Augen lächeln, näher, dann schließen sie sich, und ich spüre, wie ihre Zunge und meine Zunge sich zärtlich berühren, langsam tasten, dann bin ich in ihrem Mund, sie in meinem, unsere Zungen streicheln einander, ich fahre mit meiner Hand über ihren Rücken, ihren zarten Rücken, fasse ihre Taille, spüre das wenige heiße menschliche Fett, gehe nach oben mit meiner Hand, öffne ihren BH, ihre Brüste streifen meinen Körper, als ich das T-Shirt ausziehe, nutze ich die kurze Trennung, um die samtene Haut ihrer Brüste zu küssen, ihre Brustwarzen, dann wieder ihren Hals, wir sehen einander in die Augen, lange, nicht lange, wir küssen uns wieder, ich spüre ihre Zunge, spüre ihre Hand an meiner Hose, sie fühlt mein hartes Glied, öffnet meine Hose, ich öffne ihre, sie im Tanga, ich in Boxershorts. Ich fasse sie an den Kniekehlen, sie lacht erstickt, sanft lege ich sie auf das Bett, dringe ein wenig mit zwei Fingern in sie, feucht, wir lassen uns die Zeit, küssen uns, ihr warmer Körper, dann erst ziehe ich ihr vorsichtig den Tanga von den Beinen, versenke meinen Kopf in ihren Schoss, dringe mit meiner Zunge in sie ein, ihre Schamlippen, sie stöhnt, lange halte ich es nicht mehr aus, ich ziehe meine Unterhose schnell aus, wandere mit meiner Zunge ihren Körper hinauf, wir küssen uns wieder, ich fasse mit meinem Arm unter ihr rechtes Knie, hebe ihr schwitzendes Bein leicht an, dann stoße ich zum ersten Mal langsam in ihre feuchte Vagina, sie fasst meinen Rücken, krallt ein wenig, dann ziehe ich mein Glied langsam heraus, reibe es ein wenig an ihr, dann ein zweites Mal, hinein, hinaus. Dann endlich, ich…

Ich wache auf. Meine Hose hat einen großen Spermafleck. Ich liege wieder in meinem Scheiß-Stockbett. Schwitze leicht, atme schnell. Ich stelle mir noch den Sex vor, versuche, ihn wach zu Ende zu träumen, doch die klebrige kalte Flüssigkeit an meinem Oberschenkel, die Zelle, die Einsamkeit, das leichte Schnarchen des Italieners unter mir. Die noch frühe Nacht. Ich will sterben. Ich will sterben. So wiege ich mich wieder in den Schlaf. Ich will sterben. Meine Seele ist ein weißes, saftiges, offen liegendes Fruchtfleisch, das von wilden Hunden zerrissen wird. Ich möchte weinen, doch meine Augen sind ganz und gar trocken.

6.

Ständig sind Verhöre. Sie zehren, ich bin nicht einmal undankbar darum, so muss ich wenigstens nicht ständig in dieser winzigen Zelle sein. Man kriegt ja einen Koller. Ich hätte mich völlig betrunken, nicht wahr? Und dann sei ich durch den Ort gelaufen, herumgetorkelt sei ich, wir wüssten doch alle, wie der Alkohol wirkt. »Und irgendwann hast du …« – »Duzen Sie meinen Mandanten nicht!« »... haben Sie dieses schöne junge Ding gesehen, und da haben Sie sich gedacht …« »Mein Mandant hat sich überhaupt nichts gedacht, wie gesagt, er hatte getrunken.«

Es war die richtige Entscheidung, nur dann zu reden, wenn mein Anwalt in der Nähe ist. Die Polizisten dringen mehrfach in mich ein, sie hätten durchaus das Recht, gewisse Fragen an mich zu stellen, auch ohne Anwalt. Aber da ich beharrlich schweige, über Stunden hinweg, müssen sie sich wohl oder übel meinem Trotz beugen. Auch ein neuer Polizist ist hier, etwa 40 Jahre alt, aus Lyon. Zu mir versucht er unnahbar, ein harter Hund zu sein. Ich versuche ihn dann ab und zu, wenn er das Verhör intensiviert, durch dumme Fragen aus dem Konzept zu bringen, zum Beispiel, ob ich noch ein Glas Wasser haben könne oder woher er die Narbe dort an der Wange habe. »Doch kein Schmiss aus einer Verbindung, oder?« Diese Fragen lege ich mir vorher zurecht. Aber er ist besser ausgebildet als die anderen Polizisten hier. Mein Anwalt, noch ist er ein Pflichtverteidiger, kommt gerade von der Universität. Ich bin sein zweiter Fall, den ersten hat er verloren. Er hat einen blonden Seitenscheitel, wirkt eitel und arrogant, stürmt durch die Zimmer wie toll. Was ihm an Würde und Erfahrung fehlt, macht er durch Aggressivität und Forschheit wieder wett. Jeder Satz zu den Polizisten beschränkt sich auf Befehle und Gesetzeszitate. Sie sind seine Feinde. Da ich nicht zu Kompromissen bereit bin, so weich gekocht bin ich noch nicht, ist er es auch nicht. Da ich nicht sehr kooperativ bin und mich weigere, ohne Anwalt mit den Polizisten zu sprechen, und auch seine zudringliche, dabei jedoch stets herablassende Haltung nicht sehr konziliant ist, begegnen uns die Polizisten, besonders der aus Lyon, nun mit wenig Herzlichkeit und Entgegenkommen. Vielleicht wäre ich mit etwas besserem Willen gegenüber den Polizisten schon draußen, denke ich mir manchmal, besonders wenn ich so knapp unter der Zimmerdecke liege und mich wie in einem Sarkophag nicht zu rühren traue. Mein Anwalt rät zu Geduld und Härte. So hat jeder seine Druckmittel hier. Ein momentanes Patt ist die Folge. Mein Anwalt fordert meine sofortige Freilassung, es bestehe keine Fluchtgefahr, sie hätten keine zwingenden Beweise für meine Schuld, das Blut könne auf jede Art an mich gelangt sein. Ich hätte die Tote vielleicht dort liegen sehen, hätte helfen wollen. In meinem Zustand. In dubio pro reo. Vielleicht sei ich ja auch einfach nur über sie gestolpert, meine ich. Niemand lacht über diesen Witz. Es ist aber auch eigentlich kein Witz, sondern ein wirklicher Gedanke. Sonst schweige ich weiterhin zu allem, wenn sie mich ohne meinen jungen, kühlen Anwalt befragen wollen. Die gegnerische Seite behält mich im Gegenzug wegen ständig neuer Verdachtsmomente in Haft. Sie ziehen alles bewusst in die Länge. Außerdem drohen sie, mich weg von hier in ein richtiges Gefängnis im eigentlichen Sinne zu sperren, was ich verhindern will, schließlich ist die Reisegruppe meines Onkels noch hier. Ich dürfte allen den Urlaub verdorben haben. So heben sich alle Drohungen gegenseitig auf. So schleppt sich alles voran.

In den ersten Tagen ist ein Spaziergang im Hof noch eine willkommene Abwechslung, schnell jedoch Teil des Tages. Ich sehe leider meine Zelle nicht vom Hof aus. Der Italiener meint, sie weise in eine andere Richtung. Die Gendarmerie scheint sich gut in den Fremdenverkehrsort einzufügen, das Dach des Haupthauses besteht aus Holz. Von der anderen Seite scheint es diesen typischen savoyischen Stil zu haben, auch die Mauern, die ich sehe, von denen nur eine ein Teil einer Außenmauer zu sein scheint, sind in diesem Stil. Innen alles Behörde, außen volkstümlich. Stünde nicht »Gendarmerie« an der Tür, man könne dieses

Gebäude auch für ein Tourismusbüro oder für eine Art Hotel halten, meint der Italiener; ein Schild würde gar ein Geschäft daraus machen. Eine Boulangerie? Die wahre Größe dieses Komplexes ist gut kaschiert. Was heißt »Komplex«? Von außen sieht es winzig aus, in Wirklichkeit ist das Gebäude mittelgroß.

Der Untersuchungsrichter, der nun für meinen Fall - was heißt »meinen Fall«? - sagen wir für den Fall der toten Frau, zuständig ist, ist ein fetter, kahlköpfiger, unsympathischer Mann, der mich sofort spüren lässt, dass er Macht über mich zu haben glaubt. Und sie wohl leider auch hat. Es ist ein kahler Raum, in dem ich auf ihn warten muss. Natürlich muss ich warten. Wahrscheinlich hat er vorher, um die Zeit rumzubringen, noch etwas getrunken. Er trinkt bestimmt. Er grüßt mich nur nachlässig. Nun, mein Fall sei eigentlich recht klar, ich werde verdächtigt, eine junge Frau erstochen zu haben. Von dem Messer fehle bislang jede Spur. Mein Anwalt, sonst nicht gerade auf den Mund gefallen, protestiert kaum fürs Protokoll. In der Gegenwart dieses blassen Mannes mit Doppelkinn ist er wie ausgewechselt, von fast hündischer Demut. Also, ein Betrunkener, ein totes Mädchen, der Betrunkene könne sich an nichts erinnern, keine Zeugen, der Herr sei sich ja bestimmt keiner Schuld bewusst, n'est-ce pas? Und seine misanthropische Fettvisage grinst mich an. Er kennt so etwas. Solche Leute wie mich hat er gern. Erst sich besaufen, um dann eine Frau zu belästigen, die spurt nicht und zack, tot. Das unschuldige Ding (Ich bin auch unschuldig. Ich bin unschuldig. Ich war mir in meinem Leben noch keiner Sache so sicher). Mein Anwalt fragt schließlich, ob ich nicht auf Kaution freikommen könne. Wird man angeblich prüfen. Seine Schweinsaugen sehen in mir einen Schuldigen. Diese Meinung ist unverrückbar.

»Der Herr Richter ist ein verständnisvoller Mann, wie Sie eben gesehen haben!«, flüstert mir mein Anwalt später, kurz bevor ich wieder in meine Zelle komme, auf Deutsch ins Ohr. Etwas gemütlich vielleicht, aber mit ihm könne man reden.

Sie haben hier keine Möglichkeit, mich zu beschäftigen, wie man es ja in den größeren Gefängnissen macht. Wo Häftlinge in der Reinigung arbeiten müssen oder in der Bücherei, in irgendwelchen Werkstätten und Schreinereien oder wo sonst noch überall. Wenn ich auf meinem Bett liege, die Arme hinter dem Kopf verschränkt, die Decke 50 cm über meinem Gesicht, und ich stiere für einige Momente, Sekunden, Sekunden, Minuten, Viertelstunden, Stunden, Stunden auf einen Punkt, dann wünschte ich schon, ich könnte etwas arbeiten. Um Bücher zu lesen wäre mein Geist zu aufgewühlt. Doch mit der Zeit würde jede Arbeit monoton werden. Presse hoch, Schild entnehmen, Schild hinein, Presse zu, Presse auf, Schild entnehmen, Schild hinein, Presse zu, Presse auf, Schild entnehmen, Schild hinein, Presse…, Press…, Schild, …, Press,…, Schild entnehm…, Presse auf, …, S…, P…, …men,… Presse zu, Presse auf, Schild entnehmen, Schild…, etc.. Das ist Strafe.

Das Phänomen ist von Jugendherbergen bekannt: Am ersten Tag vergeht die Zeit noch sehr langsam. Die ersten Augenblicke, man ist aufgeregt, viele neue Eindrücke, vielleicht Zimmervergabe, Zimmerbezug, Planungen, was man alles die Woche über machen will, eine ganze Woche (!), buntes Kaleidoskop, die erste Gruppensitzung, immer noch der erste Abend, der vergeht, womöglich Flaschendrehen, die Nacht, nicht vor drei Uhr im Bett. Dann aufstehen, frühstücken, der erste Ausflug, fast noch eine Woche, Abendessen, der Abend noch lang, der dritte Tag, Wald, vierter Tag, es heißt fast schon wieder gehen, die ersten nostalgischen Rückblicke, ein Kuss, nächster Tag, der letzte, Abfahrt.

Fließen die ersten Tage noch wie Öl, die letzten sind ein flüchtiges Gas, doch was, wenn man das Ende nicht absehen kann, wenn man an einen neuen Ort fährt und dort bleibt und bleibt und bleibt und bleibt. Man kann die Tage schon bald nicht mehr auseinander halten.

Meine Mutter glaubt natürlich an meine Unschuld, genau das, was man von einer Mutter hören möchte, doch ihre Stimme ist schwach, schluckend, ein wenig gebrochen, diese energische Frau, ein Schatten ihrer Selbst, sie liebt mich, aber ich weiß, dass das in diesem Moment nichts weiter als Schande bedeutet.

Meine Reisegruppe ist abgefahren. Mein Onkel bleibt noch etwas, er sagt, das mache nichts, so könne er noch etwas Ski fahren.

Ich frage den Italiener, warum er hier sei. »Unfall mit Fahrerflucht«, sagt er. Es tue ihm unendlich Leid, aber er habe in Panik gehandelt, zum Glück sei der junge Mann nicht tot. Seine Situation sei also wie meine, er habe auch nicht wirklich entschieden, er habe keine Gelegenheit gehabt zu denken, und im Nachhinein tue es ihm Leid. Ich sage ihm, das könne man nicht vergleichen. Er stimmt zu.

7.

Ich fange an zu weinen. Es kommt plötzlich. Es überflutet mich ungewarnt, unvorbereitet. Einfach so. Mir laufen Tränen über die Wangen. Ich jammere wie ein kleines Kind. Ich sitze auf dem unteren Bett und lese mir einen Leserbrief meines alten Zellengenossen durch, in dem er sich über einen Zeitungsartikel beklagt, der angeblich ein zu strahlendes Bild der Globalisierung zeichnet. Der Brief ist, wie ich mit meinen dürftigen Italienischkenntnissen glaube beurteilen zu können, gut geschrieben, nüchtern und sachlich, argumentativ überzeugend, routiniert strukturiert. Ich lege das Papier zur Seite und schluchze bitterlich, halte mir die Hand vor das Gesicht, immer mehr Tränen, Sturzbäche kullern meine Wangen hinunter, der Blick durch meine Finger wird trüber, Wehklagen, die Welt, ein Jammer, die Schwäche, meine Existenz, Versagen. Ich habe kein Recht. Ich weiß. Trotzdem heule ich, ohne aufzuhören, es ist, als würde alles einreißen, endlich vielleicht, doch jetzt wippe ich hospitalistisch auf den harten Federn der Matratze vor und zurück. Wie lange das so geht? Ich weiß es nicht. Bis ich keine Tränen mehr habe, bis ich aufgebe und endlich einsehe, dass ich nicht mehr weitermachen kann, ohne dass es künstlich wirkt. Am liebsten hätte ich bis in die Ewigkeit weitergeflennt, doch meine Fassung kehrt zurück und eine letzte Art Schamgefühl, die sich auch dann noch erhält, wenn man auf engstem Raum mit einem anderen Menschen zusammengepfercht ist und alle Körperfunktionen des anderen in- und auswendig kennt. Der alte Italiener hat, wie ich durch den Tränenschleier hindurch bemerkte, die ganze Zeit am Schreibtisch gesessen und gelesen, erst jetzt, da ich geendet habe, nimmt er langsam eine Packung Taschentücher und wirft sie mir zu.

»Irgendwann trifft es jeden einmal«, meint er dann, in einem Buch vergraben, in dem er fast jede Textstelle markiert. Ich schweige zuerst. »Lächerlich, oder?«, ist das Erste, was ich schluckend und schluchzend hervorbringe. »Das hängt von den Maßstäben ab, die du anlegst. Wenn du ein heiliger Mann wärst, dann wäre dein Verhalten in der Tat mehr als lächerlich und kindisch, aber offenbar bist du ein ganz durchschnittlicher Mensch, da kommt so etwas vor.« Ich brauche zwei Taschentücher, schweigend wische ich meine Augen und Wangen trocken, dann sitze ich schweigend auf dem Bett. Wie viele Menschen habe ich enttäuscht. Doch die schlimmste Form der Enttäuschung ist die Enttäuschung über mich selbst. Hätte ich feige oder verbrecherisch gehandelt, ich hätte mich in dem Pathos meiner Schwäche selbst ertränken können, aber ich war lediglich gedankenlos. Ich weiß nicht einmal mehr, wie ich hier gelandet bin. So bleibt mir nichts mehr. »Aber es ist besser…«, fängt der Italiener aus der Stille heraus an, als er sein Buch geschlossen hat, »einmal richtig zu weinen, einmal richtig mit seinem Schicksal zu hadern und es dann zu akzeptieren, als immer so weiter zu machen und sich nie entscheiden zu können, immer auf der Kippe zu stehen und schließlich kein Land mehr zu sehen. Ich hasse solche Menschen, sie sind fast die Einzigen, für die ich so ein Gefühl empfinde. Einmal seinen Gefühlen zu erliegen, das ist nicht schlimm, zweimal ist auch in Ordnung, so etwas festigt einen Menschen, solange man dann akzeptiert, was man ist, ist das in Ordnung.« Ich verstehe ihn recht gut. Er spricht ein Gemisch aus Deutsch und Italienisch, sehr sicher, die Worte sind klar gewählt. Es ist, als würde er ein Credo herunterbeten, eine Litanei, um die sich seine Gedanken im Laufe der letzten Jahre wie eine harte Fessel gewunden haben. »Frei sein heißt zu wissen, dass man niemals frei sein kann!«, sagt er, sich zu seinem Buch zurückdrehend.

»Und die Menschen da draußen? Die können entscheiden, wohin sie gehen, die können selbst bestimmen, ob sie auf engstem stinkendem Raum mit einem fremden Menschen zusammenleben wollen oder nicht. Die können wählen, zumindest viele, was und wo und wie sie essen oder schlafen wollen oder welchen Beruf sie ausüben wollen. Ob Kinder oder nicht. Ob Wissenschaftler, Künstler, Handwerker, Kaufmann.

Eine philosophische Weisheit nützt mir nichts!« Ich sprach zuletzt sehr hitzig, in allen möglichen Sprachen, viele falsche Wörter darunter, wild gestikulierend, dabei immer wieder durch Schniefen stockend. Es war gegen Mittag, draußen schneite es noch oder schon wieder, das Fenster war geschlossen, obwohl die Luft schwer auf uns lastete. Das Licht leuchtete. Es war ein unwirtliches künstliches Licht. Die Heizung lief auf Hochtouren. Die rostenden Gitter warfen lähmende, mahnende Schatten zu uns hinein. Der alte Italiener nickte. »Es behagt dir nicht, in einer Zelle zu sitzen, zu essen, was man dir vorsetzt, das Licht zu löschen, wenn man es dir befiehlt, abhängig zu sein von den Launen der Wärter. Das kann ich gut verstehen. Meinst du vielleicht, mir ginge es anders? Aber es gibt zwei Argumente, über die du nachdenken solltest. Erstens, was nützt es, auf dem Bett zu sitzen und zu heulen wie ein kleines Mädchen. Man kann nur das Beste aus alledem machen oder sterben. Sterben ist deshalb keine ernst zu nehmende Alternative, weil es bedeuten würde, eine Niederlage zu akzeptieren, außerdem ist es eine Sünde. Setze dich also oder lege dich hin, lies ein gutes Buch. Wenn du gezwungen bist, länger zu bleiben, dann besorge dir einen Computer, ein Radio. Ich habe ein paar Sexheftchen, wenn du onanieren willst, und ein paar schwere Lektüren für deinen Geist. Am Ende bleibt dir nichts anderes übrig, als so viel Schaden wie möglich von dir zu halten, dich vielleicht ein wenig zu bilden, und wenn du die Gelegenheit bekommst, vielleicht noch ein paar anderen Menschen zu helfen. Und wenn du bald frei sein wirst, dann ist auch ein erfolgreiches Berufsleben eine gute Form zu leben. Und wenn du dazu in der Lage bist, am besten nicht warten, sondern selber aktiv werden. Natürlich täusche ich mich nicht über meine Möglichkeiten. Meinst du vielleicht, mein Leserbrief hält die Globalisierung, den Ausverkauf der Entwicklungsländer, das Massensterben in Afrika auf? Natürlich nicht. Ich sehe deine Skepsis. Ich tue nur das, was ich tun kann. Es ist wenig, offen gestanden, es hat den gleichen Effekt, als würde ich gar nichts tun. Es geht mir danach noch nicht einmal besser, aber das ist nun einmal das Leben, mehr geht nur selten. Und selbst dann heißt es wieder Rücksicht nehmen und so weiter. Also höre auf, dich in deinem Selbstmitleid zu ertränken. Ich empfehle dir die Bibel!« Ich sei Atheist, oder Agnostiker, vielleicht auch Nihilist. Egal.

»Dann lies Nietzsche oder einen Comic oder einen Schundroman oder nimm an einem Radioquiz teil. Sammle Briefmarken. Am Ende ist alles eins. Es ist sinnlos, Erlösung gibt es erst nach dem Tod, und daran kann man nur glauben. Trotzdem muss man hier und jetzt dagegen ankämpfen. Ja zur Nichtigkeit seines Seins sagen und trotzdem innerhalb dieser Grenzen das tun, was man tun muss! Das ist eine Frage des Anstands.« Ich sage ihm, das sei paradox. Religion und Existenzialismus. Der alte Iltaliener nimmt lächelnd die Brille ab, die herunterhängenden Hautbeutel an der Wange drücken die Falten amüsiert nach oben. Er legt die Brille auf den Schreibtisch, fährt über seine dünnen Beine.

»Mir bleibt nichts anderes übrig. Aber ich glaube eben auch an Gott, an Jesus Christus, seinen Sohn, unseren Erlöser, an den heiligen Geist und an die Gottesmutter Maria. Ich danke für meine Zufriedenheit und meine Duldsamkeit und dass es nicht schlimmer ist. Ich habe mich ganz bewusst für diesen Glauben entschieden, nachdem ich nüchtern abgewogen hatte. Ich stehe ihm nicht unkritisch gegenüber. Ich akzeptiere kein Dogma, das ich nicht für mich selbst geprüft habe. Dafür hat man ein Gewissen. Zwar muss man nicht glauben, es erleichtert nur vieles. Aber ich habe auch schon große Menschen gesehen, die Atheisten waren, deren Leben mehr Sinn gegeben war als das von hundert Anderen, und weißt du, wer ihrem Leben einen Sinn gab? Sie sich selbst. Und viele Menschen, wenn dir das näher scheint, sehen ihren Sinn im Vergnügen, auch für den Hedonismus kann man sich ganz bewusst entscheiden. Hedonismus ist Existenzialismus ohne Anstand. Aber viele Existenzialisten sind auch nur verhinderte Hedonisten. Das Einzige, was immer bleibt, ist, dass du als Individuum dich selbst definierst. Ich habe das eben über den Glauben und die Dankbarkeit an Gott getan.«

»Das soll es sein? Dankbarkeit für meine Zelle. Bejahung des Ganzen. Bejahung dieses schwefeligen Gestankes nach Schweiß und Fäkalien, Bejahung der ekelhaften gelben Zellenwände. Meines billigen Bettes. Bejahung meiner erzwungenen sexuellen Enthaltsamkeit, meines Versagens, dass meine Mutter von mir enttäuscht ist, dass sie Tag und Nacht weint, dass sie mich geboren hat, dass ich, der ich ihr einst so viel Freude bereitet habe, nun hier sitze? Dass sie mit niemandem über mich sprechen mag. Die bösen Blicke aller, bei denen sie früher noch mit Recht geprahlt hat, die jetzt immer wieder heuchlerisch fragen, ob sie schon Neues wisse. Noch nicht? Ach so! Dass sie sich schämt und am liebsten tot wäre, wie alle, die mich wirklich lieben. Dass die Frau, die ich liebe, gerade von einem anderen genommen wird, und dass sie über mich lachen, in ihrer Geilheit. Bejahung meiner verkrachten Existenz?« Ich bin aufgesprungen und laufe in einer künstlich gesteigerten Aufregung, einem lächerlich affektierten Gebaren, wild durch die Zelle. »Bejahung meiner Abhängigkeit von ein paar ungebildeten, dummen Wärtern, Bejahung, dass ich zwischen himmelhochjauchzend und zu Tode betrübt schwanke, nur weil irgendein frustrierter Untersuchungsrichter mir mit einer Nuance Hoffnung macht oder sie zerstört? Soll ich das alles gut finden und auch noch danken dafür? Diese verdammte Zelle, ich kann sie nicht mehr sehen!« Und dann schlage ich einige Male in meinem Hass und meiner Abscheu vor mir selbst gegen die harte Wand. Nichts davon dringt nach außen, der Schall verliert sich sofort in dem massiven Stahlbeton. Meine Faust schmerzt, als wäre sie gebrochen. Dann drehe ich mich zu dem ernsten, alten italienischen Gesicht zurück, zu den grauen ausgelebten Haaren, diesem in Verfall begriffenen Körper, dessen adrige Hände einige Fusseln aus dem gelben Pullover ziehen. »Sage mir etwas anderes!« Schweigen. Zuerst will ich sagen: Sterben. Aber ich weiß, er wird mir etwas in die Hand drücken und sagen: Bitte! Tue das und das und du wirst tot sein. Und ich werde zögern und es nicht tun. Wenn man nicht massiv gemobbt wird oder unter entsetzlichen körperlichen Schmerzen leidet, dann wünscht man sich den Tod nur selten herbei. Außerdem hat er Recht, es wäre feige, eine Niederlage, die letzte geschlossene Türe. Schließlich hat man ein Leben. Deshalb herrscht das Schweigen. »Ich weiß das alles, und ich bin mir auch bewusst, dass alles, was ich sage, von Ihnen entkräftet werden kann. Sie machen sich über diese Fragen sicherlich schon länger Gedanken als ich. Ihre Argumente mögen jeden gelehrten Disput gewinnen. Na und? Am Ende zählt, was ich fühle. Ich interessiere mich nicht für die philosophische Rechtfertigung oder Widerlegung meiner Existenz. Ich bin unfrei. Ich weiß, dass das hier falsch ist. Das ist alles. Es zerfrisst mich, und ich möchte mich nicht dem Kampf gegen Windmühlen weihen wie Sie. Das Beste hieraus machen. Ich weiß nicht, was das sein soll. Ich will es nicht akzeptieren. Ich soll Ihnen etwas anderes sagen? Ich kann es nicht, aber Sie werden mich auch nicht überzeugen, einen Rotz wie Briefmarken oder Kronkorken zu sammeln. Vielleicht werde ich einen Brief an die Präfektur schreiben oder etwas ähnliches, aber Däumchen drehen, nein.« Der Italiener hatte mich nicht gut verstanden, trotzdem lächelten seine faltigen Wangenlappen. Sein Gesicht bekam durch die Diskussion, die ihn offensichtlich in heimische Fahrwasser getrieben hatte, eine purpurrosa Farbe, die Brille fügte das Gesamtbild, ein aufgerichtetes gewachsenes Bild, zu dem eines Gelehrten. »Es gibt noch ein zweites Argument, das dir zwar nicht direkt hilft, das dir aber vielleicht eine gewisse Dankbarkeit wiedergibt. Glaubst du denn, die Menschen da draußen sind so viel freier als du?« Ich gehe langsam an ihm vorbei, zum Fenster, lehne mich auf das Fensterbrett, schaue hinaus.

»Von den sechs oder sieben Milliarden Menschen da draußen sind Milliarden Menschen am Hungern. Sie sind Tagelöhner, wenn überhaupt. Sie leben auf Mülldeponien, in infernalischem Gestank, leben wie Tiere im Busch, Menschen leben in der Wüste und in der Arktis, in der Tundra und im Gebirge, sie hungern. Die meisten sind Kinder. Wie Skelette hängen sie in Dürreperioden an den vertrockneten Brüsten ihrer verwesenden Mütter. Die Welt ist ein stumm leidendes Kind. Eine menschliche Masse ist getrieben in einem Ozean voller Gewalt und Armut, Hass und Anarchie, einem Meer des Elends. Das, sagen wir, sind schätzungsweise vierzig Prozent aller Menschen, einverstanden? Gut! In China und Indien, in Zentralasien und einigen Ländern Afrikas gibt es dann auch viele, oftmals überwiegend Kleinbauern, die so einigermaßen leben, eingebunden in ihre Sippe. Sind diese Menschen frei? Sie müssen täglich an ihr und ihrer Kinder und ihrer Frauen Leben denken. Das ist noch einmal ein Gros der Menschen. Und die Frauen in patriarchalischen Gesellschaften und die Kinder allgemein, die sowieso gehorchen müssen, wenn sie nicht sogar in asozialen Verhältnissen aufwachsen, in Alkoholikerfamilien, es sind mehr, als du ahnst. Die Alten in den maroden staatlichen Heimen auf der ganzen Welt. Und Soldaten? Und andere Gefängnis- und Heiminsassen. Alle Kranken auf der Erde. Nicht nur die, die an das Bett gefesselt sind, sondern alle sind Gefangene. Alle Behinderten und überhaupt solche, die angewiesen sind auf andere. Die allein erziehende Mutter, jeder Mensch, der einen anderen liebt. Ist er frei? Jeder Mensch, der Geld verdienen muss um zu leben oder für ein wenig Luxus, ist er frei? Freiheit ist nur um den Preis eines Alleinseins zu erkaufen, und das hieße, ein armes Leben führen. Vom ersten Schrei bis zum letzten Röcheln, von der Wiege bis zur Bahre (das sagt er auf Deutsch) sind alle Menschen untereinander mit unsichtbaren Fäden verbunden, und du spinnst mit. Du spinnst mit an jenem feinen verästelten Tuch, das die Menschheit ist. Wie viele Menschen bleiben also übrig, wenn wir all diese abziehen. Sehr wenig. Gewiss, es gibt bestimmt welche. Reich, weiß, männlich, zwischen 20 und 59, ohne Gewissen, ohne wahre Freunde, ohne Bindungen, die sie ernst nehmen. Auch ohne Interesse an dem Geld, das sie haben. Der Rest ist in verschiedenen Tönungen unfrei.« Ich kreise ein wenig mit meiner schmerzenden Hand, die andere Hand um den Knöchel haltend.

»Um die Wahrheit zu sagen, sind mir die Menschen in der Dritten Welt deshalb egal, weil ein Vergleich zwischen ihnen und mir sinnlos ist. Ich bin ein aufgeklärter Europäer, die Unfreiheit einer burkatragenden Frau oder eines brasilianischen Straßenkindes kann für mich kein Maßstab sein, das mag schlimm und falsch sein, da alle Menschen gleich sein sollten, aber es ist nun einmal so. Und die allein erziehende Mutter. Sie mag unfrei sein, aber sie weiß wofür. Für das Lächeln ihres Kleinodes. Legen wir an mir den ersten Welt-Mittelstand-Maßstab an, nicht den Rest. Ich bin lieber ein gut verdienender Familienvater, der zweimal jährlich in Urlaub fährt, der ein Haus, zwei Autos, eine schöne repräsentative, intelligente und nette Frau hat, vielleicht ab und zu eine Affäre, gebildet und angesehen, hofiert eventuell, mit ein bisschen Einfluss, als dass ich ein Sträfling im Gefängnis bin. Und, um ehrlich zu sein, ich wäre eher der Typ für Ersteres denn für die zweite Alternative.«

»Mag sein, doch Fakt ist, dass du das Zweite bist. Wie du es wurdest? Wer fragt danach? Wofür du begabt wärest? Wer fragt danach? Was du tust, das ist es!« Ich habe die Augen geschlossen.

»Ich habe nichts getan, und trotzdem bin ich hier!« Der Alte nickt lächelnd mit dem Kopf.

»Gut, da hast du Recht. Aber, um eine Binsenweisheit zu bemühen (ich glaube, er sagt »Binsenweisheit«, er spricht gerade wieder mehr italienisch), das Leben ist nicht fair. Jeder Mensch erwartet, dass es das zu ihm ist, aber das ist es nicht. Lass es mich also anders formulieren: Du bist, was du bist. Du bist, was du für dich und für andere darstellst. Alle Rollen, die du bisher gespielt hast, sind verschwunden. Eine, zugegeben eine schlechte, ist dir geblieben. Was du sonst hättest werden oder machen können, und warum du es nun nicht machst? Du bist hier, lebe in der Wahrheit!« »Ich werde an den Präfekten schreiben oder an den Präsidenten der Republik, egal, ich werde mich damit nicht abfinden, ich werde gegen meine Gefangenschaft kämpfen. Sophistische Weisheiten helfen mir gar nichts!« Der Alte widmete sich wieder seinem Buch.

»Dann wünsche ich dir viel Glück. Viele haben so etwas natürlich schon probiert, einige haben es auch geschafft. Aber denke daran, solltest du diese Mauern wirklich hinter dir lassen können, dann warten andere, die dir zwar mehr Luft lassen als diese hier, aber das Prinzip ist immer das gleiche. Und auch diese hier wirst du nie ganz los. Damit wirst du dich abfinden müssen. Und irgendwann werden sowohl die Freuden des Familienvaters als auch die Leiden des Häftlings schlicht vergessen sein, mag es auch lange dauern, der Tag, sagen wir in fünftausend Jahren, wird kommen, an dem wird man nicht mehr wissen, dass es euch beide gab.« Ich nehme mir Schreibpapier von ihm und beginne einen Brief, zunächst auf Deutsch, um ihn später zu übertragen.

8.

Mein Onkel ist abgereist, sie haben diesen Moment abgewartet, denn nun können sie mich endlich von hier fortbringen, ohne dass ich Widerstand leisten könnte und ohne dass dieser Widerstand einen tieferen Sinn hätte, denn ob ich hier oder in einer anderen Zelle eingesperrt bin, macht überhaupt keinen Unterschied. Der Italiener, der übrigens auch in wenigen Tagen, dann aber ganz, aus der Haft entlassen wird, gibt mir noch ein Blatt Papier, ich solle es durchlesen. Er habe das selbst geschrieben, es sei eine gute Anleitung für ein Leben wie meines. Man gestattet mir, es in den Wagen mitzunehmen, der mich in das nächstgelegene größere Gefängnis transportiert. Im Wagen lese ich ein italienisches Gedicht, ich übersetzte es ins Deutsche (sinngemäß):

Das Lied vom harten Weg

Mein dumpfes Leben wandert fort
Ein grauer Mühlstein meine Zeit
Mein Tun, Mein Will, Mein stilles Wort
Verlöschen in der Ewigkeit

Dunkle Wasser quellen leise
Sprudeln träg Verdrossenheit
Schleppend trist ist ihre Reise
Verlöschen in der Einsamkeit

Bleiern lastet alles Leben
Kein Ende findet meine Qual
Was nützt uns alles eitel Streben
Der Weg führt durch das dunkles Tal

Doch plötzlich spür ich eine Sonne
Leuchtend warm erhellt den Pfad
Aus dumpfem Winkel in die Wonne:
Gib einem traurigen Kind die Freude am Leben wieder!

Nun endlich mag ich wieder leben
Harter Weg, ich scheu dich nicht!
So will ich Menschen Liebe geben
Liebe ist des Lebens Licht

Randnotiz: Das Leben ist eine Welle, die wider dich schlägt, halte dich
aufrecht. Mögen wir auch keinen Sinn sehen, trotzdem: Steh auf, mach
weiter. Es bleibt einem nichts anderes übrig, wir haben nur dieses eine
Leben, wenn wir tot sind, können wir uns ausruhen, im letzten Moment
vor dem Tod muss man vor sich selbst (und Gott) Rechenschaft ablegen.
Auch ein Leben in einer Zelle kann einen Sinn haben, nicht weniger
als jedes andere, man muss ihm nur einen geben. Jeder kann sein, was
er will, man muss sich nur genügend anstrengen. Man entscheidet in
jedem Moment neu über sein Leben.

2. Teil

9.

Das Gefängnis, zu dem ich gefahren werde, ist doch weiter entfernt, als ich gedacht habe, das nächstgelegene ist es wohl auf keinen Fall. Wir fahren mit dem Polizeiwagen etwa zwei oder drei Stunden. Meine Begleiter im Wagen sind der harte Hund aus Lyon und der blonde Hüne, der von Anfang an dabeigewesen ist. Nach längerem Bitten, dem skeptischen Blick und dem zustimmenden Nicken des Hünen, der offenbar für mich eintritt, darf ich ohne Handschellen fahren. Während der Fahrt bin ich damit beschäftigt, das Gedicht und die Randnotiz zu übersetzen und auswendig zu lernen. Der alte Italiener, der mir durch seine bienenfleißige, nächstenliebende Art besonders im Nachhinein richtig sympathisch geworden ist, hat vielleicht Recht gehabt. Man existiert nicht alleine, stets gibt es andere Menschen, die man in seine Rechnung miteinbeziehen muss. Natürlich kann ich seinen gläubigen Standpunkt nicht teilen, leider, es würde vieles einfacher machen, aber so viele Vernunftgründe sprechen gegen die Heilige Dreifaltigkeit, das Himmlische Königreich, die leibhaftige (mit Kleidung?) Himmelfahrt der Gottesmutter Maria. Und wahrscheinlich ist das noch nicht einmal die unvernünftigste Religion, wenn man bei Religion überhaupt von »Vernunft« sprechen darf, ich kann mich nicht dafür erwärmen. Einen positiven Effekt hatte die Begegnung mit dem Italiener jedoch, ich bin wieder in der Lage zu denken. Nicht mehr nur viehisch vor mich hin-vegetieren, existieren, passiv, auf die Decke starren, Kummer die einzige Regung. Zwar ist das hier nicht mein Leben, ich weiß es, das bin nicht ich. Trotzdem gewinnt mein Geist, immer mehr, schon verloren gegangene Klarheit zurück. Mein Anwalt wird bald mit mir sprechen können. Ich bin mir sicher, dass man in Deutschland auch einen Rechtsbeistand für mich organisieren wird. Ich werde sehen, welchen ich dann nehme. Vorerst reicht der blasse, junge Arrogante.

Dieser Teil Frankreichs ist wirklich schön, denke ich mir, durch die vergitterten Fenster blickend. Auf manchen Bergen sind zunächst noch einige Kuppen voll Schnee, doch sie werden immer weniger, die Gipfel immer niedriger, Hügel. Das Licht taucht alles hier in die unglaublichsten Farben, ganz neue Farben. Farben, die nur in diesem Moment existieren können, gleich werden sie vergangen sein und niemals wieder von einem anderen Menschen so gesehen werden. Sah ich im Gefängnis stets nur Grau und Gelb und etwas Weiß, Blau, Braun und jene kurze Ahnung von Rot und das purpurne Gesicht meines alten italienischen Freundes bei unserem Disput nicht zu vergessen, dann ist dies hier ein Feuerwerk. Ich ahnte nicht, dass es so viele verschiedene Formen von Grün gibt. Jedes Blatt hat eine andere Farbe, jeder Baum, Tannennadeln. Doch meine Situation trübt natürlich meine Freude. Ich bin und bleibe vorerst der einzige Verdächtige, das Blut, der Umstand, dass ich betrunken war und natürlich nichts widerlegen kann. Mein Anwalt meint, dass man auf Grund solch spärlicher Indizien schon durchaus einen Prozess aufziehen könne, wenn man unbedingt wolle, und dass die Eltern jenes unglücklichen, weil jetzt toten Mädchens sicherlich darauf drängen würden. Ich sei unschuldig, wie er und alle anderen Menschen, bis auf einen. Ich sei unschuldig. Ich bin unschuldig.

»Das interessiert diese Menschen nicht. Sie sind blind vor Hass, schließlich haben sie, ich glaube, ihr einziges Kind verloren. Jetzt wollen sie, verständlicherweise, jemanden dafür leiden sehen. Für die sind Sie schuldig. Selbst wenn Sie die junge Frau nicht getötet haben.« »Das habe ich nicht!« »Selbstverständlich, und man findet einen anderen, der es eindeutig war. Dann werden diese Menschen Sie trotzdem immer noch hassen. Und zwar für den Rest ihrer Tage.« Wie lange ich mich noch gedulden müsse. Tage, allerhöchstens noch wenige Wochen. Mit diesen Gedanken im Kopf und dem Gedicht des Italieners fahre ich nun durch den Südosten Frankreichs. Das neue Gefängnis ist natürlich nicht mehr Teil einer Dorfgendarmerie. Es wird also nicht mehr so gemütlich zugehen wie bislang, von nun an ist anzunehmen, dass ich nur noch eine Nummer sein werde. Das Gefängnis ist eine halbe Stunde von jeder Zivilisation, einer kleinen Stadt, entfernt. Es ist stark bewacht, Wachtürme, Flutlichtanlagen, Hunde. Ich komme in den Trakt für die Untersuchungshaft, das ist ein Seitenflügel des Hauptkomplexes, mit einer wahrscheinlich geringeren Sicherheitsstufe. Das Wetter ist zur Zeit nicht schlecht, die Sonne ringt mit einigen Wolken. Es ist mild. Hier schneit es bestimmt seltener und von nun an wahrscheinlich gar nicht mehr. Was mir als Erstes besonders auffällt, sind die langen Korridore. Wir gehen Hunderte von Metern, Sicherheitskontrollen, meine Sachen werden mehrfach überprüft. Ich habe zwei neue Begleiter. Bewaffnete Gefängniswärter. Beide nicht auffallend kräftig, so groß wie ich. Die Korridore führen oft auch über höhere Stockwerke. Glas. Lange Wände aus Glas, gläserne Gefängniswände, denke ich mir. Das wäre die schlimmste Strafe. Wände, die du nicht siehst, nur fühlst, du merkst nur, dass du gefangen bist, inmitten von Freiheit, vermeintlicher Freiheit, wie mein italienischer Freund sagen würde. Meine Papiere sind mir natürlich schon genommen. Weil ich in U-Haft bin, trage ich noch meine eigene Kleidung. Lichtschranken. Gittertüren müssen aufgeschlossen werden. Alles sehr modern hier.

Meine Situation ist kein Patt mehr. Indem sie mich hierher gebracht haben, haben sie eindeutig die Oberhand gewonnen.

Ich bin noch einmal mit dem fetten Untersuchungsrichter zusammengekommen. Man könne mich nicht frei lassen, ich sei dringend tatverdächtig. Haftbefehl. »Ich bin unschuldig.« Das werde man sehen.

Ich habe um eine Einzelzelle gebeten, aber wahrscheinlich wird daraus nichts werden. Ihre Kapazitäten seien voll ausgelastet, da gäbe es solche Sperenzchen nicht. Warum ich außerdem in Einzelhaft wolle, ich solle doch froh sein, nicht alleine zu sein. Die Wärter sprechen einen haarsträubenden Dialekt. Ich verstehe sie fast nicht, aber mein allgemeines Französisch hat sich schon gebessert. Immer das Beste in allem sehen. Etwas anderes bleibt einem ja nicht übrig.

Die Zellentür öffnet sich. Die Zelle ist größer, als die, in der ich zusammen mit dem Italiener eingesperrt gewesen bin. Die Wände sind weißgrau gestrichen, es ist eine kalte Farbe, die Zelle ist wie ein Operationssaal. Sie erinnert an ein Gewölbe, nach oben schließt sie rund ab. Das Fenster, das von den Proportionen etwas kleiner ist als das in der letzten Zelle, wirkt romanisch, Milchglas wieder, Gitter schimmern durch. Schauer laufen meinen Rücken hinunter. Erneut ein Stockbett. Der andere Insasse schläft oben. Ich bemerke ihn kaum. Die Toilette ist vom Rest der Zelle durch eine Holzwand abgetrennt. Ein Fortschritt. Es wirkt kälter und ungemütlicher hier. Nun wird es fast schon zu so etwas wie Routine, denke ich. Es wird gefährlich, man will dich tatsächlich hier behalten. Nun rollen die Mühlen der Justiz. Ein kurzer Selbstmordgedanke huscht durch meinen Kopf. Ein Echo. Doch ich weiß, dass das hier nur kurz dauern kann, dass dies letztendlich eine Episode bleiben wird. Meine Identität nach allem hier zu ändern, das wäre einen Gedanken wert. Ich frage mich, ob ich noch der gleiche Mensch bin, der ich war, bevor ich an jenem Morgen in der Zelle aufgewacht bin. Wieder ein Schreibtisch in der Zelle, darauf ein Fernseher. In der Ecke zwischen Fenster und Bett ein Radio.

Dann wird die Zellentür geschlossen. Kalt umweht mich die neue Luft. Die Wärme meiner Gedanken, deren Vielzahl verliert sich. Es riecht ein wenig nach Schweiß, nicht stark. Der Raum erinnert mich ein bisschen an ein Kloster, die kalten weißen Wände, die sterile Farbe einer Nervenheilanstalt. Die Zeit läuft wieder quälend langsam. Da ich hier stehe, wären in meiner letzten Zelle schon zwei Tage vergangen. Ich gehe einige Schritte, stelle die Koffer vor dem Bett ab. Der andere bemerkt mich nicht, er schläft, mir den Rücken zugewandt, oder er ist wach und will noch beobachten, wie ich mich verhalte. Ich gehe zu dem Metallspind, hole Bettzeug und beziehe das Bett. Es sind diese fürchterlichen südländischen Betten. Was würde ich nicht alles für ein vernünftiges Federbett geben. Ich setze mich, lese das Feuilleton einer alten Zeitung, das ich schon in- und auswendig kenne.

»T' es ici pourquoi?« Offensichtlich ist er Franzose, was ja auch abzusehen war. Ich bin sicher, er war auch vorhin schon wach, als ich hereingekommen bin. Ich sage ihm, ich sei unschuldig, aber angeklagt würde ich wegen Mordes. »Wegen Mordes?« Er hört sich sehr erfreut an. So etwas habe man nicht oft hier, herzlichen Glückwunsch. Wen ich denn ermordet hätte? »Einen Bullen (Flic)?« Nein, ich sei wirklich unschuldig. Ich erzähle ihm meine Geschichte. Seine Verzückung scheint sich etwas zu legen. Kurze Stille, offenbar denkt er nach. Ich sehe ihn noch immer nicht, er ist immer noch oben in seinem Stockbett, in dem er viel mehr Platz hat als ich bisher in meinem. Dann solle ich hier vorsichtig sein. Männer, die Frauen umbringen oder vergewaltigen oder Päderasten könne man hier nicht leiden. Die lebten nicht nur ganz unten in der Hierarchie, für die sei das Leben hier die Hölle. Ich versuche zustimmend, aber gleichgültig zu wirken. Dass ich Deutscher bin, nimmt er scheinbar gleichgültig zur Kenntnis. Seiner Statur nach, die ich erst später sehe, hätte ich geurteilt, mein Mitinsasse säße wegen schwerer Körperverletzung oder Todschlags oder vergleichbarer Verbrechen. Er ist muskulös, etwas größer als ich, hat eine leicht hervorquellende Lippe, vielleicht irgendwann einmal ein negroider Einschlag unter seinen Vorfahren. Seine Haut ist solariumgebräunt. In seinem Gesicht hat er eine Narbe, sein linkes Ohr fehlt ganz. Er habe früher einmal gefochten, erfahre ich später. Er sei in einer Verbindung in Belgien gewesen, und das habe man von den Deutschen. Das habe nichts zu tun mit diesen schlagenden Verbindungen, dass sei ein Haufen von Möchtegernen und Gernegroßen. Sie hätten sich so, ohne jeden Schutz, duelliert. Seine Augen sind stahlblau, pechschwarzes Haar, Brusthaar, stark behaarte Arme, die Zähne sind gelb, aber gepflegt, ein Backenzahn scheint aus Gold zu sein. Er ist etwa 30 Jahre alt, würde ich sagen. Er wäre der Typ Mann, der Halskettchen trägt und einen Porsche oder Ferrari, Lamborghini, Jaguar oder Ähnliches fährt, ohne es sich leisten zu können. Er sitze, so erzählt er mir, wegen Betruges. Er und ein paar andere hätten wohl so eine Art Schneeballsystem aufgezogen. Er behauptet, es sei etwas raffinierter gewesen, und erklärt es mir, aber ich verstehe zu wenig, weil er zu viele französische »Spielerfachwörter« verwendet. Er sitze als

Einziger von der Truppe ein, und er sage auch nichts. Ehrensache. Und man würde ihn fertig machen, ergänze ich. Er grinst mich böse an. »Das wohl auch«, nickt er, »das wohl auch.« Er ist mir nicht sympathisch, auch wenn er freundlich tut. Durch die Art, wie er Fragen stellt, habe ich manchmal das Gefühl, als wolle er mich testen.

10.

Die Verhöre gehen mit unverminderter Härte weiter. Der harte Hund aus Lyon ist wieder da und einige andere, die aber nur wenig Eindruck auf mich machen. Die Verhöre finden in einem besonderen Anbau statt. Ob so etwas nicht normalerweise in Polizeirevieren stattfinde, frage ich. Es sei doch wurscht, wo ich das Verbrechen gestehen würde, die lapidare Antwort. Die neuen Polizisten versuchen am Anfang, noch das alte Spiel mit mir zu spielen. Sie versuchen, mich ohne den jungen blonden Anwalt zu verhören. Sie sind von meiner Schuld überzeugt. Ständig höre ich das gleiche Szenario, wie sie sich den Tathergang vorstellen. Ich hätte getrunken und sei dann ziellos durch den Ort gewankt. Am Rande der kleinen Stadt hätte ich dann eben jenes Mädchen, jene schöne, schwarzhaarige, junge Frau gesehen, die gerade alleine von einem Fest losgegangen sei, ich hätte sie angesprochen, sie wollen noch nicht einmal »belästigt« sagen, sie habe sich abgewendet, da hätte ich die Beherrschung verloren, hätte mit einem Taschenmesser zugestochen, einen harten Schlage zu ihrem Hals geführt, dann hätte ich Panik bekommen, ein schlechtes Gewissen vielleicht.

Die junge Frau sei doch auf einem Fest gewesen, warum habe man in diese Richtung so wenig Kraft investiert, man müsse dort nur intensiver suchen, man werde dort den Mörder sicherlich finden, er sei Anwalt und möchte sich nicht anmaßen, den Herren und Damen Polizisten ihren Beruf zu erklären, aber das sehe doch ein Blinder. Das habe man. Alle, die in Frage kämen, wer sich mit ihr unterhalten habe etc., entweder sie hätten ein Alibi oder kein Motiv. Die Polizei habe sich ungerechtfertigterweise auf seinen Mandanten eingeschossen. Ich solle es endlich zugeben. Das gäbe mildernde Umstände. »Sie wären nicht lange im Gefängnis. Alkohol, Unzurechnungsfähig!« Ich schweige in solchen Momenten, mein Anwalt sagt dann, ich hätte gesagt, was ich zu sagen hätte, die Polizei solle neue Beweismittel oder am besten den richtigen

Mörder auftreiben. Das hier sei eine Ungeheuerlichkeit, ein Skandal. Das Mädchen wurde nicht vergewaltigt. Ein Messerstich in den Hals, es waren keine sonstigen Spuren zu erkennen. Das Messer war noch nicht aufgetaucht, das Mädchen hatte auf Asphalt gelegen, zu allem Überfluss hatte es dann noch angefangen zu schneien.

Ich arbeite hier nicht, auch um den Preis der Langeweile und der Eintönigkeit. Ich empfände es als eine Form von Geständnis, würde ich in der Küche, in der Kantine oder sonst wo anfangen zu arbeiten. Ich werde mich nicht an der Aufrechterhaltung eines Systems beteiligen, das mich zu Unrecht einsperrt. Wenn mein Zimmerkollege beim Abspülen ist, er halte es nicht so lange in der Zelle aus, dann laufe ich meist von der Tür zum Fester, vom Fenster zur Tür, von der Tür zum Fenster und so weiter. Ich führe auch manchmal kleine Selbstgespräche, lese von Zeit zu Zeit einige französische Magazine und Zeitschriften. Meine Sprachfertigkeit sowie mein aktives Vokabular verbessern sich zwar nur mäßig, aber mein Verständnis macht doch deutliche Fortschritte. Immer das Beste in allem sehen, es bleibt einem nichts anderes übrig. Wenn ich nichts zu tun habe oder auch keine Lust, dann suche ich die Wände und sogar die Decke Quadratzentimeter für Quadratzentimeter ab. Von Zeit zu Zeit entdecke ich immer wieder kleine oder verblasste oder versteckte Zeichnungen, Bildchen oder Inschriften, die ich dann manchmal mühsam entziffern muss. Große, deutliche gibt es keine. Die Wand ist entweder neu oder bereits einmal gereinigt worden. Es stimmt einen fast traurig, wie einfallslos die meisten Häftlinge hier waren. Die halbe Ewigkeit hatten sie Zeit, sich etwas Originelles einfallen zu lassen, und was fabrizieren sie? Gossenjargon. Polizisten seien Arschlöcher. Oder dass jemand am 19. 7. 2003 hier eingesessen habe. Interessant. Einfallsreicher und künstlerisch etwas wertvoller als einige Galgenmännchen ist das Bild einer Frau, die gerade von hinten genommen wird, das ich unter dem Bett entdeckt habe, und das ich aufgrund der ungünstigen Lichtverhältnisse lange nicht habe erkennen können. Wie der Maler das dort hat hinmalen können? Hut ab. Überall streife ich über die kalte Wand. Sie ist lackiert. Kein Pochen dränge nach draußen, es würde stets verschluckt.

Gegessen wird in der Kantine. Alle in Untersuchungshaft sitzen durch ein Gitter von den anderen Häftlingen getrennt, sonst ist es allerdings derselbe Raum.

Sport ist möglich in einen Fitnessraum, auf zwei Fußballplätzen, es gibt Basketball- und Volleyballplätze.

Mein Zimmerkollege scheint bekannt und von den meisten Insassen hier respektiert zu sein. Sein Interesse an mir hat stark abgenommen, seine Freundlichkeit, wenn überhaupt, ist phlegmatisch und wenn, dann wirkt sie wie aufgesetzt. Ich verbringe so wenig Zeit wie möglich mit anderen Häftlingen. Ich möchte nicht, dass sich hier noch ein geregelter Tagesablauf einstellt, das hier darf nicht zu einer Art vertrauten Zuhauses werden. Ein weiterer Grund, warum ich die Gegenwart anderer Häftlinge meide, ist ein Vorfall, der sich gestern zutrug.

Ich beschloss, etwas Fußball zu spielen, da ich nicht in der Zelle einrosten wollte. Das Wetter war durchwachsen. Neben einem Rasen- gibt es auch ein Hartgummifeld in einem Käfig. Natürlich wurde ich als Letzter gewählt. Was heißt gewählt? Sogar ein Kerl mit einer Augenklappe wurde mir vorgezogen. Ich brachte fast das ganze Spiel, gemieden von den anderen, auf der Ersatzbank zu. Irgendwann befahl ein Wärter, dass ich für ein erschöpftes Mitglied meiner Mannschaft eingewechselt werden solle. Im anderen Team, so hatte ich beobachtet, gab es ebenfalls einen Häftling, der von den anderen ausgegrenzt wurde, sei es drum. Ich durfte also doch noch etwas mitspielen, wenn ich auch nicht angespielt wurde. Schließlich wollte ich schon vom Platz gehen, als der Ball doch vor meinen Füßen landete, wie auch immer, ein Zuspiel war das nicht. Ein dicker, tätowierter Rocker rannte sofort auf mich zu, ich spielte schnell den Ball ab, der Ball war weg, doch ich erhielt, während der Mann auf mich prallte, einen harten Ellbogenschlag gegen die Schläfe. Ich taumelte nicht lange, sondern fiel einfach in mich zusammen. Ob die Wärter etwas gerufen hatten? Möglich.

Jedenfalls fasste mich der Rocker am Arm, richtete mich wieder auf, putzte mich ab und spuckte mir etwas ins Ohr, was sich anhörte wie, dass man das hier so mache mit Vergewaltigern. Er sagte noch mehr, was ich jedoch nicht verstand. Von seinem Mundgeruch und von dem dröhnenden Schlag wurde mir schließlich speiübel, ich verließ den Platz, übergab mich später. Ich glaube, es ist das Beste, wenn ich bis zu meiner Entlassung so wenig wie möglich mit anderen Verbrechern hier zusammenkomme.

11.

Da man einen Bürger der EU nicht einfach so im Gefängnis lassen kann und mein Anwalt schon droht, notfalls die deutsche Botschaft einzuschalten, mich jedoch die hiesigen Polizisten nur ungern gehen lassen, da sie mich für schuldig halten und warten wollen, bis ich endlich weinend während eines Verhörs alles zugebe, sind sie gezwungen, ständig den Stand der Ermittlungen voranzutreiben, belastendes Material herbeizubeschaffen, sonst müsste ich bald entlassen werden. Nun scheinen sie ein weiteres Indiz in der Hand zu haben, was meine Schuld zwar nicht gerade beweist, meiner Sache jedoch auch nicht wirklich dienlich ist. Eine ältere Frau behauptet nämlich, dass sie, während sie auf ihrem Balkon Wäsche aufgehängt habe, was angeblich wegen der Abreise ihres Sohnes noch in jener Nacht getan werden musste, einen betrunkenen Deutschen über die Straße habe laufen sehen, und da sich die alte Schachtel noch an die Soldaten aus dem Zweiten Weltkrieg erinnere, und sie auch ein bisschen Deutsch gekonnt hätte früher, und sie ja in einem Touristenort lebe, in dem es besonders im frühen Winter vor Deutschen nur so wimmele, weiß sie natürlich genau, dass es sich bei der Gestalt dort unten auf der Straße um einen Deutschen gehandelt haben muss. Sie habe also ihre Wäsche hingelegt, sich ihre Brille aufgesetzt und auf die Straße geschaut. Dort sei ein Mann in einem weißen Anorak entlanggerannt, er habe genau vor ihrem Haus panisch seine Hände in alten Schnee gesteckt, sie scheinbar gewaschen, dabei habe er immer wieder geflucht. Dann sei er weitergerannt. Ihr Haus liegt genau auf dem Weg, den ich hätte nehmen müssen, um von dem Ort, wo man die Leiche fand, zu dem Supermarkt zu kommen, wo man mich in Gewahrsam nahm. Warum ich mir die Hände gewaschen habe? Ich kann mich nicht daran erinnern. Ich solle aufhören zu mauern. Ich solle es zugeben. Ich sei der Mörder. Wenn man sich die Hände wasche, dann könne man nicht so durch den Wind sein, wie ich das vorgebe, da müsse man noch eine gewisse Portion Klarheit besitzen. Da werde man sich ja am nächsten Morgen wohl noch an alles erinnern. Das beweise gar nichts, entgegnet darauf mein Anwalt. Dass ich höchstwahrscheinlich mit der Toten in Kontakt gekommen sei, darauf weise das Blut auf meiner Kleidung schließlich hin. Dass ich mir die Hände gewaschen habe, nachdem ich zum Beispiel über ihren Leichnam gefallen sei, weil mich die warme Flüssigkeit an meiner Hand irritiert hätte, sei auch nicht verwunderlich. Auch einen Betrunkenen könne so etwas stören. Die Herren und auch die Dame wüssten vielleicht, dass es einen Zustand von Trunkenheit gebe, bei dem die motorischen Fähigkeiten noch relativ gut vorhanden seien, man am nächsten Tag jedoch einen völligen Filmriss haben könne. Das Mädchen sei schon tot gewesen, ich sei völlig betrunken unglücklicherweise hinzugekommen, hätte ihr vielleicht aufhelfen wollen oder sonst etwas, was nicht von Belang sei, daher das Blut an meiner Kleidung, was sicherlich auch meiner eingeschränkten Koordination zuzuschreiben sei.

Die Geschichte sei völlig an den Haaren herbeigezogen.

»Auch nicht mehr als die Ihre.« »Und wo ist Ihre Widerlegung?«

So geht das dann hin und her.

Später frage ich meinen Anwalt, ob er mich auch verteidigen würde, wenn er wüsste, dass ich schuldig wäre. Natürlich, entgegnet er, schließlich sei er mein Pflichtverteidiger. Und wenn ich ihn so angeheuert hätte? Ja, wenn die Bezahlung stimme, aber vielleicht auch so. Mein Fall sei gut, um sich im Strafrecht zu profilieren. Und wenn ich noch etwas Schlimmeres gemacht hätte? Ein Kind geschändet und verstümmelt? Er lächelt, aber ja, jeder habe ein Recht auf eine rechtstaatliche Verteidigung. Sein Lächeln ist für mich eine Fratze. Blonder Scheitel, jung, herablassend, kalt. Ich verachte Menschen wie ihn. Er ist der Beste, den ich bekommen kann. Ich werde ihn behalten.

Ich frage den Einohrigen, woher der Rocker von meinem Fall wisse. Er liegt in seinem Bett, das Radio läuft, französischer Rap. Woher solle er das wissen, antwortet er unwirsch. So etwas erfahre man eben.

Die Häftlinge hätten auch Kontakt mit den Wärtern und zu anderen Insassen, so etwas spreche sich schnell herum, mehr sagt er nicht. Mich wundert, dass die Wärter Lügen verbreiten, schließlich war die junge Frau nicht sexuell missbraucht worden. Ich bin unschuldig.

Die Nächte sind wieder sehr lang. Obwohl ich müde bin, schlafe ich viele Stunden nicht, starre nur nach oben; Holz und Matratze, in der Dunkelheit eins geworden, stieren zurück. Die Gesichter der Menschen, die ich liebe oder geliebt habe, selbst das Gesicht meiner Mutter, sie sind verschwommen, blass, verschwinden langsam, zwar erinnere ich mich noch an fast alle Einzelheiten, doch zu einem stimmigen Gesamtbild schließen sie sich immer seltener zusammen. Irritiert bemerke ich, dass gerade Gesichter von Menschen, die bislang in meinem Leben keine zentrale Rolle gespielt haben, ja bis an den Rand der Gleichgültigkeit existierten, den Schwund fast unbeschadet überstehen, und darum beginne ich sie zu hassen, denn mein eigener Geist scheint nicht die Relationen zu kennen, er ist willkürlich. Mein altes Leben weicht immer schneller. Was bleibt? Ich treibe immer weiter auf ein offenes Meer. Meine berufliche Zukunft? Ist längst zerstört. Karriere? Vergessen, der Traum eines anderen Menschen. In solchen Minuten (die Bezeichnung »Minute« ist beliebig, Moment wäre besser, denn in der Tat weiß ich nicht, ob es sich dabei um Sekunden oder Stunden handelt) versuche ich mich in die Gedanken verschiedener Gefangener zu verschiedenen Zeiten zu versetzten. Es geht mir noch sehr gut, verglichen mit den Kerkern der Inquisition oder den Kellern der Gestapo, den Gewölben der KZ-Ärzte, den Druckkammern, den Gasduschen; ich möchte nicht im Kolosseum auf die Löwen warten, möchte nicht im Gulag verreckt sein, in den Kerkern eines Verließes im kaiserlichen China oder in irgendeinem afrikanischen Gefängnis. Es ist keine Solidarität. Jeder ist allein. Kein Bund durch die Zeiten, kein Bund zwischen allen Menschen, die diese massive Form von Gefangenheit empfinden. Ich bin allein, so wie der Mann in einem babylonischen Gefängnis allein ist. Er hat nichts mit mir gemein. Zwei Menschen, die aus dem gleichen Grund gemeinsam eingesperrt sind, die können etwas gemein haben, aber Menschen auf aller Welt, die nichts voneinander wissen, Menschen vor fünftausend Jahren in den Gefängnissen der Pharaonen und Menschen in den Gefängnissen in tausend Jahren, haben sie etwas gemeinsam? Der alte Italiener hätte es so gesehen, glaube ich. Es wäre wahrscheinlich das, was alle Menschen zu allen Zeiten gemeinsam haben, die einfachen Zeichen, die jeder versteht, ein Lächeln, ein Weinen, ein erhobener Stein. Aber hier in dieser Zelle sehe ich keine Gemeinschaft zwischen mir und irgendeinem anderen Menschen. Der Alte in seinem gelben Pullover hätte gemeint, dass man auf so etwas nicht warten dürfe, man müsse stets daran arbeiten, in den anderen Menschen seinen Sinn suchen.

Mein Zimmerkollege ist wieder beim Spülen. Ich bin allein in der Gewölbezelle. Von draußen höre ich entfernte Rufe. Sport. Ich stehe mitten im Raum. Da durchzuckt mich plötzlich ein Schreck. Für einen Moment, erkenne ich, ist es Normalität für mich. Hier im Gefängnis zu sein, es ist für mich das Normalste der Welt.

12.

Es ist diesmal ein sehr langes Verhör. Mein Anwalt muss aus persönlichen Gründen nach Paris, diesen Zeitpunkt haben sie sich ausgesucht. Sie setzen mich auf den selben Stuhl wie immer, einen unbequemen harten Holzstuhl, diesmal wird mir mit der Lampe auf dem Schreibtisch, vor dem ich sitze, etwas stärker ins Gesicht geleuchtet. Der Hund aus Lyon mir gegenüber, ein anderer Polizist mit einem Bein auf dem Schreibtisch, wieder einer geht unaufhörlich durch den Raum, stützt sich nur von Zeit zu Zeit auf die Lehne meines Stuhles ab, um auf mich herabblicken zu können und um dann lauter zu werden. Sie beginnen jedoch sehr ruhig und leise. Ich solle nun doch endlich gestehen. Sie legen mir sogar ein Blatt auf den Tisch, auf dem zu meinem Entsetzten ein komplettes Geständnis abgedruckt ist: »(…), dann habe ich zugestochen (…).« Alles schon in der ersten Person, als hätte ich es diktiert. Sie geben mir einen Stift in die Hand. Das sei die Tat, ihr Hergang, wir alle wüssten es doch. Das dort sei sogar die bestmögliche Variante für mich, das Versehen wird betont, der Alkohol. Sie würden meinen guten Willen und meine Kooperation loben. Der Untersuchungsrichter werde Gnade vor Recht ergehen lassen. Wahrscheinlich haben sie schon alles abgesprochen, denke ich. Sturheit nütze mir nichts. Ich schweige. Dann werden sie langsam lauter und härter, ihre Wortwahl ändert sich. Sie könnten auch anderes, man gebe mir zwar Zeit zum Überlegen, aber noch hätten sie, das solle ich bedenken, noch lange nicht alle Mittel ausgeschöpft. Fast zwei Stunden dauert die Tortur. Am Ende sind wir wieder am Anfang. Noch einmal das Geständnis, ich solle jetzt unterschreiben, sonst würden Stück für Stück alle vorteilhaften Bemerkungen und Halbsätze hinausfallen, die Haft werde um Monate oder Jahre länger werden. Ich sage, nachdem ich mir bestimmt eine halbe Stunde über den Wortlaut Gedanken gemacht habe, dass ich das hier für eine Form der Psychofolter hielte, und frage sie, seit wann genau die

Folter in Frankreich wieder erlaubt sei. Der harte Hund aus Lyon nickt, Bürschchen, denkt er sich, grinst beleidigt, böse, nimmt das Geständnis vom Tisch, dann schmorst du eben noch ein bisschen.

Als das Verhör endet, ist es schon fast dunkel. Abendessen gibt es zwar grundsätzlich in der Zelle, doch dafür ist es jetzt schon zu spät, und deshalb machen wir einen kleinen Umweg über die Kantine, wo ich meine lauwarme Mahlzeit hinunterwürgen darf. Dann komme ich wieder in die Zelle. Der Einohrige liegt in seinem Bett. Das Licht brennt. Ich bin müde, erschöpft, werfe mich auf das Bett, schrecke entsetzt auf, es ist vollkommen nass. Es riecht streng. Was war nur geschehen? Einohr steigt langsam von seinem Bett herab. Ich frage ihn, was passiert sei. Er habe in mein Bett gepisst. Was? Ich werde laut, empöre mich. Unvermittelt schlägt er zu, dass ich gegen den Schreibtisch falle, auf dem Boden liege. Keine Zeit zum Denken, schon werde ich nach oben gezogen, erhalte einen Tritt in den Magen, dass mir fast schwindelig wird. Ich kniee auf dem Zellenboden, halte keuchend meinen Bauch. Und wenn ich den Wärtern auch nur ein Wort sagen würde, dann sei ich so gut wie tot. Und ich solle mir nur nicht einbilden, ein anderer Häftling werde auch nur einen Finger für mich krumm machen.

»Die wissen, dass du mein Eigentum bist.« Er zwingt mich, die Nacht in dem vollgepissten Bett zu verbringen. Nach einiger Zeit gelingt es mir, mich so zu verrenken, dass ich, so gut es geht, trocken liege. Ich bin mir sicher, dass er lange nicht schläft, um zu sehen, ob ich gehorche. Der Zeitpunkt war gut von ihm gewählt, ich hätte jetzt nicht mit so etwas gerechnet. Er war es natürlich, der die anderen Häftlinge gegen mich aufstachelte, ein bisschen die Wahrheit manipulierte. Dass ich nicht selbst schon darauf gekommen bin. Noch Stunden schmerzt mein Körper, so dass ich nicht schlafen kann. Es steht nicht gut um mich, ich bin ihm tatsächlich ausgeliefert. Mich rächen kann ich nicht. Verletze ich ihn, dann bin ich für die anderen Gefangenen Freiwild, töte ich ihn gar, dann ist sicher, dass ich wirklich hier bleibe. Hinzu kommt seine körperliche Überlegenheit. Meine Gedanken sind sprunghaft. Da meine Augen nicht hasten können, tun es die Gedanken. Jetzt kommt eine Form der Angst auf, die noch sehr viel schlimmer ist als die zuvor, da die Gefangenschaft bisher zumindest nicht meine körperliche und im Großen nicht meine seelische Unversehrtheit in Frage stellte, einer der letzten Vorhänge fällt.

Am nächsten Morgen soll ich ihm die Füße küssen. Ich weigere mich. Er schlägt zu. Ich blocke ab. Doch er scheint Kampfsport betrieben zu haben, denn auch wenn ich mich wacker und nicht ungeschickt verteidige, ist seine Technik erschreckend gut. Er gibt mir einen Tritt, dass ich gegen die Wand unter dem Fenster falle. Dann tritt er auf mich ein, wogegen ich meine Arme jedoch als Deckung benutzen kann. Da er merkt, dass er mir auf diese Weise keinen Schaden zufügt, packt er mich schließlich an den Haaren und schleudert meinen Kopf gegen die massive Steinwand. Ein dumpfes Klopfen, mein Verstand wird wie eine Orange zermatscht. Von da an bin ich hilflos. Er prügelt noch etwas auf mich ein. Als ich mich zum Schluss mit dem letzten Funken Verstand, den ich noch habe, zu seiner Überraschung immer noch weigere, seine Füße zu küssen, lacht er, lässt von mir ab, ich werde schon noch spuren. Dann werde ich kurz ohnmächtig. Später, kurz vor dem Morgenappell, trichtert er mir ein, ich solle mir ja eine gute Ausrede einfallen lassen, auch für die Verletzungen, die er mir noch zufügen werde, sonst gnade mir Gott.

So geht es jetzt Tag für Tag. Bald wird es so schlimm, dass ich beginne, mich nach den Verhören und den Polizisten zu sehnen, um wenigstens dort etwas zu entspannen. Zwar drohen die Polizisten immer noch, unverhohlener, doch auch vorsichtiger, seit mein Anwalt wieder aus Paris zurück ist, blasser und zum ersten Mal scheint mir sein fahles, herablassendes Gesicht einen Zug von Traurigkeit auszustrahlen. Umso härter führt er meine Verteidigung, wird dabei jedoch zum ersten Mal fast beleidigend gegenüber den Polizisten. Ich bete für eine baldige Haftentlassung. Meine Kraft schwindet zusehends. Wenn ich in der Kantine oder beim Sport bin, dann werde ich in Ruhe gelassen. Niemand hilft mir. Niemand spricht mit mir. In der Gesellschaft des Abschaums, der zu Recht gemieden wird, möchte ich nicht sein. Bald werde ich aber vielleicht schon froh sein über die Ansprache solcher Menschen. Im Fitnessraum hilft mir niemand beim Gewichtstämmen, weshalb ich begonnen habe, mit kleinen Hanteln zu trainieren, doch der Einohrige zeigt mir bei solchen Gelegenheiten gerne den Vorsprung, den er hat, und für den ich zwei Leben bräuchte, wollte ich ihn einholen. Dennoch trainiere ich, um fit zu sein. Man weiß ja nie. Ich merke aber, schon ohne jede Besorgnis lethargisch geworden, dass mein Verstand unter all den Angriffen zunehmend Schaden nimmt. Er hatte ja nicht wirklich Zeit, um sich auf irgendetwas vorzubereiten, alle Schläge seit meiner von mir vergessenen Verhaftung kamen völlig überraschend aus der Dunkelheit. Dennoch bin ich noch intelligent genug, um zu bemerken, dass der Einohrige in der Tat nicht dumm ist. Er quält und foltert mich nicht nur blind und ohne Konzept, sondern er verwendet neben der Peitsche auch das Zuckerbrot. Wenn er also nicht auf mich einprügelt oder mich zwingt, vor seinen Augen zu urinieren – ich hatte mich lange dagegen gewehrt, erst als er meinen Kopf so hart gegen die Wand schlug, dass Blut aus meiner Nase rann, gab ich nach – dann ist er nett und freundlich und erzählt mir allerhand Geschichten. Er geht sehr systematisch gegen mich vor, was ich zum Glück noch bemerke und auch noch mehr oder weniger analysieren kann. So hat er zum Beispiel gewisse Regeln aufgestellt, die seinem Vorgehen eine scheinbare Berechenbarkeit und Legitimität verleihen sollen. Ich hätte sie zu befolgen, ansonsten drohten brutale Strafen. Eines dieser Verbote ist zum Beispiel, dass ich mit keinem anderen Gefangenen reden darf. Beim Fußball ergab sich dann allerdings doch ein mehr als kurzer Wortwechsel, als ich irgendwo stand und anspielbar war. Man erzählte ihm natürlich davon. Er prügelte die ganze Nacht auf mich ein. So vergehen die Tage. Heute befahl er mir, ich müsse nackt durch die Zelle laufen. Ich weigerte mich erneut. Ich habe mir geschworen, immer so viel Widerstand entgegenzusetzten wie möglich, so lange es geht, was nicht ewig sein wird, da mache ich mir keine Illusionen. »Weißt du, ich könnte dich vergewaltigen, wenn ich wollte«, sagt er, während er meinen von blauen Flecken übersäten nackten Körper betrachtet. Du hast Glück, dass ich nicht schwul bin, sonst würde ich dich auf dein Bett werfen und dich nehmen.« Oder manchmal beschreibt er mir, wie er mir die Kehle durchschneiden lassen könne von einem hier, der sowieso bis an sein Lebensende sitze. Das geht dann so stundenlang, und wenn ich schweige, dann weiß er befriedigt, dass er wieder eine Schlacht gewonnen hat, dass wieder ein Baustein meiner Seele abgetragen ist. Nun in diesem Moment ist er wieder beim Spülen. Ich hier allein in der Zelle. Mein Dasein eine Folge von Momenten, eine sich hinziehende Marter, ein Leiden, eine Peinigung, eine Demütigung, die der nächsten folgt. Kurz wieder die Selbstmordgedanken, die ich aber schnell verwerfe, es nützt ja nichts. Nur ihn zu töten, das stelle ich mir stundenlang vor, wie ich ihn Stück für Stück aufschlitze, dann geht es mir besser.

Mein Anwalt bemerkt meinen Zustand als Erster. Den Wärtern war das egal. Einer der Polizisten, der jedoch nur kurz fragte, gab sich mit einer schlechten Ausrede, die ich auswendig gelernt aufsagte, zufrieden. Ich überlege lange, bis ich mich dazu durchringe, meinem Anwalt zumindest einen Teil zu erzählen. Seit er aus Paris zurückkam, ist er auf eine im Ganzen positive Weise verändert. Er ist nicht mehr so laut und unwirsch, besonders mir gegenüber nicht, nur gegenüber den Polizisten schlägt er manchmal über die Stränge, um zu zeigen, dass er immer noch hart sein kann, doch man merkt, dass es eher eine neue Schwäche oder momentane Unsicherheit ist, die er zu überspielen sucht. Seine forsche Art ist nur noch ein Schatten. Seine wachen Augen sind nun manchmal etwas müde, seine dünnen sehnigen Hände etwas sanfter, einige blonde Strähnen fallen melancholisch in sein noch blasseres Gesicht. Er sagt zunächst kein Wort. Nach einigem Abwägen fragt er mich, ob er es sagen solle. »Nein, bloß nicht«, entgegne ich. Er nickt. Ich solle mich gedulden. Wie es aussähe, käme ich bald in Einzelhaft, weil man meinen Willen so zu beugen gedenke. Er werde beim nächsten

Mal noch härter und beleidigender sein, vielleicht könne man so alles beschleunigen.

Daran erinnere ich mich in der Zelle, das ist dann ein Moment. Eine nicht enden wollende Menge von Momenten und Augenblicken schließt sich an, manche von albtraumartiger Leere, manche von albtraumartiger Fülle. Und dieses Warten hier in der Zelle ist nur eine von vielen Phasen des Wartens, bis der Einohrige wiederkommt, um mich zu misshandeln.

Als er wiederkommt, ist draußen strahlender Spätnachmittagssonnenschein. Nach dem Mittagessen musste er in der Küche arbeiten. Das warme Licht flutet kalt das weiße Gewölbe, der Fernseher und das Radio sind ausgeschaltet. Da ich weiß, wann er kommt, habe ich lange Zeit gehabt, um mir zu überlegen, ob ich mich ausziehen soll oder nicht. Schließlich beschließe ich, trotz meines vor Schmerzen schon stumpfen Körpers, erneut gegen eine seiner Regeln zu verstoßen. Solange ich dazu noch den Mut habe, das weiß ich, hat er noch nicht gewonnen, und das weiß er auch. Er hat schon auf so eine Gelegenheit gewartet, da bin ich mir sicher, denn als er hereinkommt, grinst er schon böse. Er wartet noch, bis die Zellentüre geschlossen und einige Zeit vergangen ist, dann sagt er ruhig, jedoch vor Erregung zitternd, ich solle mich ausziehen. Ich sage ihm, er solle seine Mutter ficken. Er grinst, er hat wirklich gehofft, dass ich so etwas sage. Es gibt eine kleine Rangelei, es gelingt mir sogar, ihm einen Schlag in die Leber zu versetzten, doch am Ende bin ich unterlegen, er schlägt wie wild gegen mich, reißt mir die Kleidung vom Leib, wirft mich auf den Boden. »Los, bete mich an! Ich bin dein Gott.« Ich wische mir Blut von der Lippe, ich solle ihn anbeten, wiederholt er, ich zeige ihm den Mittelfinger. Darauf wird er wütend, er greift wieder meine Haare, wirft mich bäuchlings auf das Bett, ich höre, wie sein Reißverschluss aufgeht. Er sagt, ich werde ihn schon anbeten, ich müsse nur richtig durchgenommen werden. Aber vorher, sagt er, solle ich ihn darum bitten, ich bin still, er tritt von hinten an mich heran, als es mir gelingt mit meinem Fuß nach hinten zu treten, mit meiner Ferse genau in das harte Glied. Er stürzt schmerzschreiend zurück. Dieser Schmerz mobilisiert meine letzten Kräfte. Ich stürze auf ihn. Zwar will er gegen mich gehen, doch der Schmerz lähmt ihn. Ich schlage mit meiner flachen Hand gegen seinen Hals, spüre seinen Kehlkopf. Er fällt zurück gegen den Schreibtisch. Ich trete mehrere Male in seinen Rücken, um seine Wirbelsäule zu brechen und ihn zum Krüppel zu machen, aber ich habe keine Übung darin, deshalb beeile ich mich, packe seinen Kopf bei den Haaren und schleudere ihn, so hart es geht, gegen die Kante des Schreibtisches. Zunächst leistet er noch Widerstand, bald schon nicht mehr. Ich schlage seinen Kopf noch einige Male gegen die Holzkante, bis ich es krachen höre. Ich drehe ihn um. Seinem halb ohnmächtigen Grinsen fehlen zwei Schneidezähne. Ich schlage und trete noch all meinen Hass aus mir heraus, dann lasse ich ihn liegen.

13.

Irgendwann trollt er sich in sein Bett. Sein Atem ist schnell und flach. Er wird gezeichnet von dem Kampf bleiben. Seine beiden Schneidezähne liegen noch auf dem Boden. Er hat noch die Kraft, seinen Mund mit Wasser auszuspülen, dann schleppt er sich in sein Bett. Währenddessen tue ich erst so, als würde ich schlafen. Ich weiß, dass ich an diesem Abend nichts zu befürchten habe. Er ist fast zu schwach, um auf seinen Beinen zu stehen, es zeugt von Willenskraft, dass er es dennoch schafft, sich auf das Bett zu hieven. Habe ich in meiner ersten Zelle zum ersten Mal bewusst einen Sonnenaufgang beobachtet, wirklich bewusst, wenn auch nur durch das Milchglas, so ergeht es mir nun umgekehrt. Unser Fenster hat Südlage, wodurch die letzten Sonnenstrahlen in einem spitzen Winkel durch das Glas brechen. Zunächst ist es fast noch Tag, doch dann durchläuft das Licht sein ganzes Spektrum, bis schließlich ein rotblauer. matter Glanz an unserer Gewölbewand kleben bleibt, der wie ein Totenwächter dem Tag sein Geleit zur letzten Ehre anträgt, der wartend so verharrt, lange dort verweilt, bis er plötzlich noch einmal an Kraft gewinnt, alles sammelt, bis alle Farben glänzend schreien, ein letztes Zeichen seiner verlöschenden Existenz. Dann wird es schlagartig dunkel. Man kann regelrecht dabei zusehen. Ich habe mich wieder angezogen, liege ausgelaugt im Bett, beruhigt, der Hass ist verschwunden oder hat seine Spitzen abgewetzt, latent mag er noch vorhanden sein. Ich darf mich nur nicht an die letzten Tage erinnern. Das Keuchen und Stöhnen des Einohrigen tut mir dann gut. Ich verabscheue Gewalt aus meiner tiefsten Seele. So vergeht erneut die Zeit in Stille, ohne ein gesprochenes Wort, Schmerzen der Beweis, dass ich existiere. Nacht legt sich über alles. Ich werde nicht ruhig schlafen heute Nacht. Plötzlich höre ich über mir ein stilles, unterdrücktes Schluchzen, ein Weinen, ich freue mich. Erst als es immer lauter wird, erkenne ich entsetzt, dass es ein Lachen ist. Die Dämme brechen langsam, ein immer lauter werdendes, böses, hasserfülltes Lachen aus Blut, Galle, Tränen, gedrückt in ein schmutziges Laken. Ich will erst fragen, ob er jetzt verrückt wird, doch ich schweige. Er spuckt noch einmal auf den Boden, wie schwarzes Öl fällt sein Blut durch die Dunkelheit und klatscht auf dem Boden auf. Dann wieder das Lachen, zuletzt merke ich, dass er versucht, es mit Hohn zu mischen. »Weißt du, warum das alles?« Er stellt die Frage zweimal, denn zuerst geht sie unter in seinen unkontrollierten Körperflüssigkeiten, seinem Schlucken und seinem Schmerz. »Weißt du, warum das alles?« Und immer noch bleibt es wegen der Zahnlücke schwer verständlich. »Glaube nicht, dass das heute gut für dich war. Ich habe dich… habe dich gefragt, was du glaubst, warum ich dich gefoltert habe.« Ich tue gelangweilt, bin jedoch außer mir vor Gespanntheit und Aufregung. »Weil du ein Sadist bist?« Und da hustet und lacht das Stück Fleisch über mir. »Ein Sadist?«, höhnt er gequält. »Nein, du täuschst dich. Der Grund ist ein anderer. Ich will, dass du mir gehörst, dass du mein Besitz bist, wie ein Hund, mein Sklave, und mich trotzdem demütig liebst!« Er kann nur noch flüstern. Gespenstisch und wie behindert ohne Zahnlücke. Ich schweige, er wird verrückt. »Du glaubst jetzt vielleicht, du hättest gewonnen. Täusche dich nicht, ich war…«, und er richtet sich auf. Sein kraftloser Körper kracht wieder auf die harte Matratze, »…unvorsichtig gewesen, nichts weiter. Du wirst mir gehören, mir jeden Wunsch erfüllen, dankbar, und sei er noch so ekelhaft. Meinen Kot wirst du essen!« Ich sage, er solle sein Maul halten. Er lacht. »Du weißt es, nicht wahr mein Kleiner? Du weißt, dass ich Recht habe. Vielleicht ist das ja sogar ganz gut. Ich werde dir genau sagen, was ich aus dir mache. Das ist doch lustig, oder? Das macht alles noch interessanter. Für dein Verhalten werde ich dich noch bestrafen, nein, du wirst darum betteln, dass ich dich bestrafe!« Ich sage ihm auf Englisch, er werde in der nächsten Zeit Brei aus einem Trichter trinken, wie könne er da glauben, mich zu beherrschen? Er lacht wieder oder immer noch. »Weißt du. Ich werde dich von den anderen grün und blau schlagen lassen, dir vielleicht mit einer Gabel ein Auge ausstechen lassen. Und wenn ich wieder auf den Beinen bin, dann fange ich eben wieder von vorne an, aber ich mache dich mürber, als du es jetzt bist. Dann werde ich di...«, ich spüre, wie er sich vor Schmerzen wälzt, womöglich hat er innere Verletzungen davongetragen, » ... dich vergewaltigen und die Regel aufstellen, dass du mich nach der Arbeit immer in... ah, verdammt, immer in Hündchenstellung erwarten musst, damit ich dich rannehmen kann!« Er spricht wieder deutlicher. »Es ist auch nicht so, dass ich schwul wäre, es geht mir nicht um meine Befriedigung, es geht mir um Macht, es geht mir um deine Seele, ich will den letzten Funken, der du bist, beherrschen. Einen Menschen wie ein Ding benutzen und nicht nur seinen Körper, seinen Verstand, sondern auch seine Seele!« Jetzt lache ich, jedoch künstlich, die Vorstellung ist grauenvoll. Ich sage, dass ich näher bin, ihn zu besitzen als umgekehrt. Mein Hochmut wird nur von kurzer Dauer sein, bald werde ich mich selbst dafür hassen, oder das alles hier wird niemals passiert sein. Kurzes Schweigen in der Dunkelheit, nur ein leichtes hechelndes Atemringen über mir. Er zieht die Bettdecke über sich. »Wie ich sagte, ich will deine Seele. Diese Welt hier, um uns herum. Wo existiert sie? Nirgendwo, nur in deinem Kopf. Es gibt keine objektive Wahrheit, alles ist in deinem Kopf, alles, alles. Alle Meinungen, die du hast, alles, was du Wissen nennst, was du gesehen hast in der Welt, und was du von anderen Menschen weißt, das existiert nicht hier draußen, das ist nur in den Köpfen der Menschen. Gäbe es unser Universum ohne Menschen? Wenn du ja, ah, wenn du ja sagst, beweise es!« Kurze Atempause. »Woher weißt du zum Beispiel, dass Caesar gelebt hat. Weil andere es dir gesagt haben. Lehrer, Bücher, die von Menschen geschrieben wurde, die es wieder von anderen Menschen gehört haben. Nimm an, du hättest niemals in deinem Leben von Caesar gewusst, kein Mensch hätte von ihm gewusst. Welchen Unterschied macht es dann in jenem Moment, ob er wirklich gelebt hat oder nicht. Aber wirklich bedeutend wird es bei der Deutung von Menschen und Ereignissen. Hätte das Christentum sich nicht durchgesetzt, vielleicht wäre Jesus Christus heute ein Verrückter. Wir würden es vielleicht in einer Randnotiz lesen, und alle Menschen, die sich damit beschäftigen, wüssten, dass dieser Jesus Christus ein Verrückter war. Wir wüssten es, würden es vielleicht in der Schule so lernen. Ein Stempel darauf. Tatsache. Wenn alle Menschen sich an die Landung der Außerirdischen im Jahre 1990 erinnern würden, dann hätte sie stattgefunden. In hundert Jahren würden sich die Menschen noch daran erinnern. Wir wissen nichts, und das, was wir Wissen nennen, ist nur ein Zusammenhang.« Es ist wieder kurz still. »Ein Zusammenhang von Erfahrung, nicht mehr. Wenn du erst mein Hund bist, dann wirst du alles glauben, was ich sage. Wenn wir beide wissen, dass ich Gott bin, dann werde ich in dieser Zelle Gott sein. Wer wird das bestreiten? Niemand.« – »Du bist ein Würstchen!« Lachen. »Wir werden uns beide nicht daran erinnern, dass du das gesagt hast. Eine dunkle Ahnung ist alles, was vielleicht noch bleiben wird, nicht mehr, ein Traum. Unser beider Welt wird diese Zelle sein und ich dein Gott. Macht! Macht! Das ist alles! Macht macht Wahrheit. Nicht umgekehrt. Kann man die Menschen kontrollieren, dann kann aus einem Völkermord der Kampf gegen den Terror werden. Unterdrückung wird Sicherheit. Unterdrückung ist der Wille Gottes, wie auch immer man ihn nennt. Ausbeutung wird Freiheit der Märkte. Freiheit wird als das definiert, was der Macht nutzt. Ich bin die Macht, deine Sklavendienste werden mir nutzen. Du wirst frei sein, weil ich es dir sagen werde und du es mir glauben wirst. Du wirst glauben, der Sinn deiner Existenz sei es, mir einen runterzuholen. Und weil du es glaubst, wird es die Wahrheit sein. Macht. Macht. Macht. Macht ist der Sinn des Lebens, die edelste Form des Zusammenlebens, weil die einzig mögliche. Macht ist es, die Meinung, den Glauben und das Wissen der Menschen zu beherrschen, denn die Welt ist nur in unseren Köpfen. Dann hat man das Monopol auf Wahrheit. Jeder Gegenbeweis scheitert. In diesem Fall dein Kopf. Ich werde dich beherrschen. Schön, dass du es jetzt schon weißt. Aber, wenn ich will, dann wird dieses Gespräch niemals stattgefunden haben.«

Gegenüber den Wärtern behauptet er, er sei unglücklich aus dem Stockbett gefallen. Da er größer und stärker als ich ist, akzeptieren sie skeptisch. Den Polizisten hat das natürlich Auftrieb gegeben. Und auch wenn sie mir das nicht nachweisen können, so sind sie doch noch mehr im Glauben an meine Schuld gestärkt. Trotz meiner Blessuren muss ich mich den Verhören stellen und die gleichen Fragen immer und immer wieder über mich ergehen lassen. Den Zusatz »kooperatives Verhalten« wollten sie nun schon weglassen, sagt mir einer aus der Meute der Polizisten schnippisch, als ich meine, dass wir immer noch da seien, wo wir am Anfang gewesen seien. Die anderen Gefangenen verhalten sich still, aber es braut sich etwas zusammen. Er wird einen seiner Freunde bitten, sich an mir zu rächen. Während des Essens, des Duschens, des Sports oder einer anderen Gelegenheit. Wieder wird der Schlag überraschend sein, aber wenigstens weiß ich nun, dass überhaupt ein Schlag kommen wird. Das ist doch schon einmal etwas.

Das letzte Indiz, das sie vorgebracht haben, um mich weiter hier im Gefängnis behalten zu können und das bereits sehr bemüht klingt, ist, dass die Obduktion erwiesen hat, dass das Messer von einer Person geführt wurde, die wie ich Rechtshänder ist und die etwa so groß wie ich gewesen sein muss, plus minus acht Zentimeter. Sie hätten das schon längst gewusst, aber sie wollten noch einige Dinge in der Hinterhand behalten, um etwas gegen mich vorzubringen, erklärt mir mein Anwalt. Er weist mich auch, nicht ohne Aufregung, auf die Möglichkeit hin, das Ganze vor den Europäischen Gerichtshof zu bringen. Das sei eine erstklassige Möglichkeit, denn vor so etwas schreckten diese Leute immer zurück. Ich frage ihn, ob das nicht einfach nur das Beste für seine Karriere sei. Er weist das empört von sich. Ich entschuldige mich, sonst in allem das alte Spiel.

3. Teil

14.

Dann komme ich in Einzelhaft. Das letzte Druckmittel, wie sie glauben.

Es ist gut zu sehen, wie sich die Kräfte regenerieren. Zwar komme ich nicht aus dieser Zelle heraus, die wieder so klein ist, wie meine erste, und wo sich erneut eine Toilette mitten im Raum befindet, aber ich bin, wenn auch alleine, so doch in einem gewissen Frieden. Ich erhalte nichts zu lesen, und der Wärter reicht mir das Essen schweigend durch die Luke. Es ist mir ein Ort der Ruhe. Manchmal keimt in mir noch die Einsicht, dass man mich jetzt schon so weit hat, dass ich mit dieser extremen Form der Gefangenschaft zufrieden bin, solange ich nicht körperlich misshandelt werde. Natürlich begleiten auch Sorgen den Tross meiner Gefühle, denn auch mein Aufenthalt hier wird nur von kurzer Dauer sein. Erneut ist die Zelle weiß. Sie strahlt, was sicher nicht beabsichtigt war, denn wieder ist das einzige Fenster nur eine kleine Bruchstelle von Milchglas über dem Bett, in etwa zwei Meter Höhe. Das ist das Gute, die Zelle ist sehr hoch, denn sie glauben Menschen eher mit einer geringen Breite einschüchtern zu können. Für gewöhnlich mag das Erfolg haben, aber mich lässt das unbeeindruckt.

Meine Zeit sinnvoll zu nutzen, dazu fehlt mir nicht die Muse, sondern schlicht die Kraft. Ich wollte mir zunächst einige Briefe ausdenken und in meinem Kopf einmal vorschreiben, damit danach alles schneller ginge, besonders, wenn man die Gefahr bedenkt, die ja durch die anderen Häftlinge gegeben ist. Nach einiger Zeit gab ich entnervt auf.

Die Einsamkeit jetzt mag notwendig sein, doch ich merke förmlich, wie meine Identität ins Wanken geraten ist, und wie und wo sie festen Halt finden wird, das weiß ich nicht zu sagen. Ich habe auch versucht, die grundverschiedenen Ansichten des alten Italieners und des Einohrigen miteinander zu vergleichen. Auch dafür fehlt es mir im Moment an Urteilsvermögen und an der Gewitztheit einem der beiden einen logischen Fehler nachzuweisen. Da ich glaube hier in der Ruhe meine Gedanken so gut es geht zu ordnen, komme ich auch nicht umhin zu bemerken, dass vieles mehr in Unordnung geraten ist seit dem Beginn von allem, als gedacht, ja dass sogar weite Teile abgetragen sind.

Als mein Anwalt ein zweites Mal nach Paris fahren musste, haben sie wieder versucht die Zeit zu nutzen, um auf mich einzureden. Ich könne durchaus noch länger in Einzelhaft bleiben. Ich schwieg ohne Unterlass. Wenn sie mich gefragt hätten wie viel Uhr es wäre, oder ob ich ein Glas Wasser wollte, hätte ich darauf keine Antwort gegeben. Schweigen. Schweigen. Schweigen. Gut, sehr gut, meinen sie dann beleidigt zu mir, die Einzelhaft bleibe, so geht das jeden Tag mindestens einmal. Da mein Anwalt wieder zurück ist, wittern sie den Betrug. Er geht sofort in die Offensive. Er scheint wieder in seiner alten Form zu sein. Er ist erschreckend gut. Seine Zunge ist wie ein Messer, wie ein MG, das Paragraphen und hin und wieder gut versteckte Schmähungen in atemberaubender Geschwindigkeit abzufeuern vermag. Den Polizisten bleibt nichts anderes übrig, wenn er da ist, als sich hinzusetzen, die Ruhigen und Gelassenen zu spielen, während er durch den Raum hetzt, und eine Drohung nach der nächsten ausspricht, auf die ich jedoch nicht allzu viel geben sollte, wie er mir später im Vertrauen sagt. Aber sie könnten mich nun nicht mehr ewig hinhalten. Er sei in Paris, während der Beerdigung seines Vaters mit einigen befreundeten Richtern und Staatsanwälten zusammengekommen. Zwar wollten die noch nicht eingreifen, aber es kann sich nicht mehr ewig hinziehen. Entweder man schüttelt jetzt noch einen richtig saftigen Beweis aus dem Ärmel, oder aber ich sei freizulassen. Die Polizisten wüssten das, weshalb ihnen langsam das Wasser bis zum Halse stünde. Schließlich bin ich immer noch der einzige Verdächtige. Wir sollten einfach so weiter machen, wenn ich unschuldig sei, dann arbeite die Zeit für mich. Doch die Polizisten bemerken sehr schnell, dass der zeternde und herablassend ganze Gesetzespassagen rezitierende forsche junge Anwalt kaum die Tatsache anspricht und geißelt, dass ich in Einzelhaft bin, was normalerweise einen Katalog von mindestens einem halben Duzend Gesetzestexten provoziert hätte, stattdessen nur die kurze bemerkende Erwähnung, dass sein Mandant in Einzelhaft sei, und dass das gesetzeswidrig sei. Hätte er mehr gesagt, so erklärt er mir später, dann wäre ich da jetzt schon draußen, aus der Einzelhaft, im Prinzip sei ein derartiges Vorgehen völlig indiskutabel. „War da nicht dieser Vorfall mit seinem letzten Mithäftling, der angeblich sein Stockbett hinuntergefallen ist, und nun noch im Hospital liegt?", fragt dann der Polizist aus Lyon. Nun, scheinbar empfinde man die Einzelhaft als eine Art Erholung, man sei doch kein Sanatorium. Meinem Anwalt gelingt es nur, durch einige weitläufige Beziehungen zum Gefängnisdirektor zu erwirken, dass ich nicht eben zu jenen Häftlingen gesperrt werde, die mich besonders auf dem Kieker haben.

Die letzte Etappe meiner Gefangenschaft begänne, meint mein Anwalt mir auf die Schulter klopfend, „wenn Sie nur um Himmels und Teufels Willen unschuldig sind." Ja, sage ich. Ich kann einfach nicht der Mörder sein.

15.

Die neue Zelle ähnelt der letzten, die ich mit dem Einohrigen bewohnt habe, nur der Putz ist etwas älter, die Wände ein wenig verkommen. Das Gefängnis ist doch schon etwas älter als ich dachte. Manche Teile sind bestimmt schon älter als 30 Jahre. Die langen schwebenden Glaskorridore, die modernen Sportanlagen, es sind wohl nur Erweiterungen, Modernisierungen, Anbauten. Das Prinzip, höre ich den alten Italiener in meinem Kopf sagen, bleibt immer das gleiche. Die neue Zelle strahlt nicht so, nicht wie die Zelle meiner Einzelhaft, nicht so wie die Zelle des Einohrigen. Die Wände sind grau. Es ist ein altes Grau, in das sich jedes Weiß unweigerlich nach Jahren zu verwandeln scheint. Es sind die nicht sichtbaren Ausdünstungen der Menschen, die die ewigen Steine angreifen und unweigerlich ermatten lassen. Ich vergesse bald, in welcher Situation ich meinen neuen Zellengenossen das erste Mal angetroffen habe. Ich glaube, er saß wieder an dem obligatorischen Schreibtisch und las ein Buch, aber sicher weiß ich das in diesem Moment nicht, ich habe es wie gesagt, sehr schnell vergessen. Was ich noch kann, ist meine Gefühle zu rekonstruieren, als sie mich durch die warmen, sonnengefluteten Glaskorridore in zehn Metern Höhe aus dem neuen in den alten Trakt geführt haben. Ich liege jetzt in diesem Moment in meinem Bett. Er hat mich gefragt, wo ich liegen wolle; da er bereits unten lag, erklärte ich mich einverstanden oben zu liegen. Er spricht nur wenig, seine Stimme ist ruhig, fliesend, jedes Wort wiegend und mit einem salbungsvollen Hauch geweiht. Den gängigen Klischees widersprechend ist sein Erscheinungsbild das genaue Gegenteil seines Verhaltens, ich möchte noch nicht Charakter sagen, da ich ihn noch nicht lange genug kenne. Wenn ich hier oben wieder auf meinem Bett liege, die Arme verschränkt und meinen Zorn und meine Wut über das Einohr hinunterschlucke, oder mir Gedanken mache über die Zeit draußen, dann umgibt mich wieder ein schmutziges Zellengrau. Er sitzt meistens am Schreibtisch, oder noch häufiger auf dem Boden. Dann höre ich nur seinen Atem, seinen steten, monotonen, getakteten Atem. Ein – Aus – Ein – Aus – Ein – Aus – usw. langsam, ruhig, einem Pendel gleich. Seine Iris ist braun, der elfenbeinerne Augapfel quillt aus den schwarzen Augenhöhlen hervor, wie es bei Farbigen manchmal der Fall ist. Oder auch nicht, und ich übertrage sein momentanes Erscheinungsbild auf alle Schwarzen, aber das ist ja im Prinzip egal. Sein Mund, der sich selten, und wenn, dann nur für meditative Litaneien öffnet, ist so schwarz wie der Rest seiner Haut. Er ist mir ebenfalls weit körperlich überlegen, sogar dem Einohrigen, weshalb mir zuerst etwas mulmig war. Aber er tut buchstäblich keiner Fliege etwas zu Leide, im Gegenteil, wenn sich eine durch den offenen Fensterspalt in unsere Zelle verflogen haben sollte, was nun schon ab und zu vorkommt, dann geleitet er sie, wenn sie selbst den Weg nicht mehr herausfindet, sachte mit seiner Hand und mit viel Geduld wieder durch den offenen Schlitz nach draußen. Nie ist er laut, nie ist er sprunghaft. Seine riesigen, tätowierten Pranken bewegen sich überlegt und stets mit einem Ziel durch den Raum. Sein ganzer Körper ist beharrt, viele Haare bereits grau. Ich schätze ihn auf Mitte 40. Es ist am zweiten Tag meines Aufenthaltes in dieser Zelle, als er mich fragt, ob ich zuvor in Einzelhaft gewesen sei. Das sei ich in der Tat gewesen, woher er das wisse, von den anderen Häftlingen?

„Nein, nein!", entgegnet er, „es ist nur so, dass die Art wie du dich bewegst und die kurzen gemurmelten Selbstgespräche am Fenster es mich vermuten lassen." Das habe er gut beobachtet, nicke ich anerkennend mit dem Kopf. „Keine Kunst, wenn man so lange einsitzt, wie ich. Außerdem ist das Beobachten von Menschen so etwas wie ein Beruf von mir. Eigentlich ist es pure Nostalgie, denn im Grunde spielt es überhaupt keine Rolle. Ich hänge nur wider besseres Wissen so am Leben."

Er spricht sehr langsam, weshalb es eine Freude ist sich mit ihm zu unterhalten. Ich erfahre sehr schnell, dass er wahrlich nicht der typische Sträfling ist, nicht nur, weil er einen kleinen, gepflegten Bonsaibaum besitzt. Er ist überlegen durch seine Ruhe, er wäre es vielen Menschen draußen. Er fungiere öfters mal als Streitschlichter, erfahre ich, weil er schon so lange hier einsitze, und er deswegen, seines großen Körpers und seines ruhigen Gemütes wegen, relativ große Achtung genieße. Wie könne er schon so lange hier einsitzen, wo er doch nur in Untersuchungshaft sei? Ja, erklärt er mir, das sei für gewöhnlich nicht so, aber sein Fall werde gerade neu aufgerollt. Er sei verurteilt wegen räuberischer Erpressung und Mordes. Sie hatten damals einen alten Mann als Geisel genommen, er und seine Bande. In Wirklichkeit sei dieser alte Mann, dessen zitternde Augen er noch heute sehe, bei einem Schusswechsel mit der Polizei gestorben. Da man den Polizisten nicht hatte anklagen wollen, schließlich hatte er das OK erhalten, und da die Angehörigen einen Schuldigen sehen wollten, hatte man einfach ihm den Mord angehängt, einem schwarzen Verbrecher. Verständlich, wie er heute sagt. Offen gestanden, habe der Mensch, der er damals war, das auch verdient, denn wenn der Polizist den armen alten Mann nicht aus Versehen getötet hätte, wer weiß, vielleicht hätte er es getan. Wie dem auch sei, jener Polizist sei nun nach langem Krebsleiden gestorben und hätte in einem langen Brief an seine Frau und seinen Sohn die Wahrheit gestanden, und sie gebeten den Fall wieder aufzurollen. Seine Haftstrafe sei nun sinnlos geworden, denn wenn er des Mordes entlastet würde, dann wäre seine Haft abgesessen. Ich sage ihm, dass er sich freuen könne. Er lächelt leicht und zuckt mit den Schultern.

„Was spielt das für eine Rolle, ob ich hier sitze oder woanders? Letzten Endes ist es das gleiche Leben, die gleiche Erde, die gleichen Sterne. Ich greife nirgendwo ein, und lasse den Dingen ihren Lauf, habe keine Absicht anderen Menschen irgendeinen Schaden zuzufügen, oder ihnen etwas zu nehmen, eher noch zu geben, aber auch das spielt keine Rolle. Der Wind, der Regen, der Schnee, die Sonne, es sind große eherne Zifferblätter, die sich immer weiter schieben über unsere Köpfe hinweg, in der Zelle, wie draußen. Es ist alles eins." Ich sage, dass sei Quatsch. Ich würde es bevorzugen in Freiheit zu leben, zu gehen wohin ich will, sprechen, lernen, fühlen, erfahren, was ich will, das könne er doch nicht anders sehen. „Es ist alles eins. Was macht dich denn unfrei, was macht dir denn Pein? Doch nur dein Verlangen nach einem anderen Zustand. Besitzt du dieses Verlangen nicht, dann bist du hier so frei, als vor den Mauern. Dann gibt es diese Zelle hier nicht.

Ich gebe mir nicht mehr die Mühe, die Tage einzeln zu betrachten. Sie verschwimmen wie viele Strömungen zu einem einzigen Fluss, Zeit. Ich betrachte Sonnenaufgang, Tag, Sonnenuntergang, Nacht nicht mehr als zusammengehörig, sie werden zu eigenen, separaten Phänomenen, die herausbrechen, die temporär erscheinen und den allgemeinen Zellenzustand unterbrechen. Da ich mich immer noch weigere zu arbeiten und mittlerweile auch aus Angst und Trägheit nicht mehr in der Kantine esse, wird die Zeit ein einziger langer Moment, in dem gewisse Ereignisse nur Spitzen einer fast flachen Ebene sind.

16.

In einer der letzten Nächte hatte ich einen Traum:

Ich stand auf einer Art Steg, auf einer Brücke. Sie war aus harten, gut behauenen Steinklötzen gefertigt. Dieser Steg führte vom Beginn eines Vulkankraters über den kochend heißen, mörderischen, stinkenden unendlich großen Tümpel aus Lava. Man kam auf dem Steg jedoch nicht bis zur anderen Seite des Vulkankraters, sondern er hörte abrupt in der Mitte auf. Um den Berg herum waren dichte, schwarze Wolken. Das heiße Licht kam von der Lava unterhalb des Steges. Ich war nicht alleine auf dem schön verzierten Steg, an dessen grauen Steinen allerlei künstlerischer Schmuck war. Alle Arten von Menschen waren darauf. Alte und Junge, Männer und Frauen, Kinder, Säuglinge, Weiße, Schwarze, Indianer, Asiaten, Kranke, Gesunde, Behinderte, alle, alle Menschen waren dort in ihrer prächtigen Vielfalt. Es war ein wildes buntes Treiben auf dem schmalen, von Finsternis umgebenen Weg, der ohne Gerüst, ohne Geländer versehen war, und der mitten über dem riesigen Kessel Tausenden von Grad heißen Gesteins endete. Von hinten drängten die Menschen nach, vorne fielen ständig welche herunter, ihr Fleisch und ihr Geist verdampften sofort. Währenddessen wurde auf dem Steg allerlei Handel getrieben. Es wurde gefeilscht, gespielt, gehasst, geliebt, ein wildes Paaren, ein Lamentieren. Manche Menschen, besonders die Jungen, drängten sich zur Mitte zum Abgrund, andere wiederum schreckten zurück, allein, stehen bleiben konnte niemand. Viele von den Menschen wussten gar nicht, was sie dort hinten, bereits in Sichtweite am Ende des Steges erwartete. Manche wussten es, und wollten deshalb noch so viel Spaß auf dem Steg haben, wie nur irgend möglich. Manche wussten es, halfen aber wiederum den Alten, Schwachen und besonders den Kindern, damit sie nicht schon vorzeitig an den Seiten des Steges herunterfielen, weil die Masse rücksichtsloser Menschen drohte, sie von der Kante zu stoßen. Man müsse allem einen

Sinn geben, riefen sie ständig im Weitergehen auf die unausweichliche Mitte. Andere wiederum gingen frohen Mutes auf die Mitte zu, dankten, lobten und priesen den Erbauer des Steges. Sie warteten auf eine Art Hand, die sie vor dem Schlimmsten bewahren würde, bevor sie sich in Gas verwandelten. Wieder andere haderten mit ihrem Gang, trotzdem mussten sie weitergehen. Eine nicht kleine Gruppe von Menschen, versuchte im Gehen, Inschriften oder Bilder in den Steg zu ritzen, Spuren zu hinterlassen von ihrem Gang, damit man in späteren Zeiten an sie denken würde. Die, die manche hier die Gelehrten nannten, knieten sich im Vorbeigehen hin und klopften manchmal gegen den Stein, weil es sie interessierte, wie er gebaut war, und sie analysierten den Stein, und die Statik, nach der alles funktionierte. Aber es war nur die oberste Oberfläche des Steges, die sie kannten, und sie würden auch niemals mehr kennen lernen. Auch mein Anwalt war da. Er war auf einem Auge blind. Weil er die Lava fern glaubte, ging er noch festen Schrittes, und es war gut neben ihm zu laufen, besonders auf der Seite, auf der er sah; auf der anderen hätte er nicht bemerkt, wenn er jemanden nach unten gestoßen hätte. Und auch mein neuer Zellengenosse lief dort, still und gelassen, ergeben in sein Schicksal, nicht kämpfend, er lief an den Menschen vorbei, ohne sich um sie zu kümmern. Und überall waren Rufe zu hören, aber nur Sprachfetzen drangen an mein Ohr, um alles zu verstehen war es zu laut. Ich hörte „Macht!", „Freiheit!", „Glück!", „Wille!", „Vaterland!", „Liebe!", „Ehre!", „Gott!", „Meine Kinder!", „Taten!", „Männlichkeit!", „Geld!", „Schönheit!" und ich fragte meinen Anwalt, was das zu bedeuten habe und er erklärte es mir, aber ich verstand ihn fast nicht, denn auch seine Augen und Ohren und Arme und alle anderen Körperteile machten sich bemerkbar. Sie flüsterten unentwegt: „Nicht enttäuschen! Stolz machen!"

Obwohl wir alle es noch nie sahen, wissen wir, dass an der rechten Seite des hohen Steges ein riesiges brennendes Wort steht: „LEBEN", an der linken Seite steht leuchtend blau „ZEIT".

17.

Ich liege wieder in meinem Bett. Die Arme hinter meinem Kopf verschränkt, die schmierige, weißgraue Zimmerdecke baumelt über meinen Augen. Ich stoße mit meinen Füßen leicht gegen die Holzlatten an der Seite des Bettes. Unten beendet mein riesiger, farbiger Zellengenosse gerade eine seiner Meditationsübungen. Er sitzt in einer für ihn entspannenden Haltung auf dem Boden, wiederholt immer und immer wieder die gleiche bekannte lallende Lautfolge vor einem verzierten Tuch, in dessen Mitte ein chinesisches Schriftzeichen eingerahmt ist, über dem er täglich sitzt. Was es bedeute, frage ich ihn, nachdem ich merke, dass er aufgestanden ist und das Stück Stoff wahrscheinlich zusammenlegt. Währenddessen starre ich unentwegt auf die Decke. Die Decke. Die enge Decke. „Es ist das chinesische Zeichen für „Nichts". Wer über diesem Zeichen meditiert, der kann Frieden finden." Er legt das Tuch in den Schrank. Ich sage, ich wolle ihm nicht zu nahe treten, aber wenn ich ehrlich sei, dann hätte ich bei seinem Anblick nicht damit gerechnet einen Buddhisten zu treffen.

Er sei nicht im eigentlichen Sinne Buddhist entgegnet die Stimme, die sich nach Stunden wieder an eine normale Sprache gewöhnen muss. Er richte sein Leben vielmehr nach einer Fülle asiatischer Weisheiten aus, von denen der Buddhismus vielleicht die Bedeutendste sei, gewiss jedoch nicht die Einzige.

„Ja, ja, ich meinte ja auch nicht im eigentlichen Sinne Buddhist, ich meinte eher, ich hätte nicht gedacht hier einen so, nun ja, spirituellen Mann zu treffen." Weil er schwarz sei? Na ja, hier in diesem Gefängnis, die Tätowierungen, der riesige Körper, die Vorgeschichte, ich hätte nicht gedacht, dass er der Typ sei über einem chinesischen Schriftzeichen zu meditieren, das „Nichts" bedeute. Er lacht leise. Ja, er passe wohl nicht in die gängigen Rollenklischees. Warum nicht Christentum oder Islam?, frage ich. Kurzes Schweigen. Als er vor über zwanzig Jahren verurteilt und eingesperrt wurde, da war er noch ein junger Mann. Er habe Freundinnen gehabt, viel geraucht, Marihuana, er spielte, er trank, er hätte gerne schnelle Autos gefahren. Na ja, wer aber aus einem Marseiller banlieue käme, dem blieben die Türen eben verschlossen.

„Es fing bei kleinen Sachen an. Man möchte mit seiner Freundin nach dem Kino noch tanzen oder etwas essen gehen, und hat noch nicht einmal das Geld fürs Taxi. Man war mal so richtig high und man kann sich nicht das kleinste Krümmelchen Harz leisten, von Gras ganz zu schweigen. Man sieht einen großen Wagen vorbei fahren, und der eigene Vater ist ein Versager, die Mutter trinkt auch. Und dann sieht man die Älteren. Aus der gleichen Straße wie du, ohne Perspektive, machen in Zuhälterei, Schutzgeld und so weiter. Man will Spaß haben, man will da raus. Frauen. Alles, man bekäme nie genug. Am Anfang klaut man dann noch für den Abend mit dem Mädchen, für das Cannabis, das ist kein großer Schritt. Sehr viele Menschen stehlen, besonders in der Umgebung, aber natürlich nicht nur. Dann, wenn man älter wird, werden die Sachen eben größer, man organisiert sich. So war es jedenfalls bei mir. Geld, Geld, und was man sich dafür kaufen kann. Heute, nicht morgen, das war es, was wir wollten. Dann kommt man mal kurz ins Gefängnis, kommt wieder raus, ist vorbestraft, dann ist der Weg zurück noch einmal schwieriger, für manche unmöglich. Also macht man weiter."

Er hatte Pech, am Ende war er hier. Lebenslang, bis vor kurzem.

„Jahre lang änderte ich mich nicht. Wir schmuggelten und handelten weiter im Knast. Eines Tages betrog ich einen meiner Partner, er erfuhr davon, und stach mich nieder. Ich wäre fast gestorben. Das Einzige, was da war am Scheitel des Todes, das war Angst. Blanke Angst. Ich beschloss mein Leben zu ändern. Ich suchte zunächst in der Bibel nach Antworten. Es gefiel mir, dass Jesus mit Zöllnern und Huren zu Abend aß, die doch von allen gemieden wurden. Es gefiel mir die Bergpredigt. Bitterlich kniete ich in der Kappelle und versuchte zu glauben. Ich betete Tag und Nacht, aber ich konnte nicht glauben, dass in diesem riesigen

Universum, von dem ich auch gerade gelesen hatte, mit seinen Billiarden, unzählbar vielen Galaxien, die bis in die Unendlichkeit ragen, es eine geben soll, und zwar eine ganz durchschnittliche, völlig uninteressante, in der ein Seitenarm, der selbst noch Millionen von Sonnen trägt, ein kleines Sonnensystem tragen soll, in dem es einen Planeten geben soll, auf dem vor zweitausend Jahren Gottes Sohn geboren worden sein soll. Ich liebte Jesus, aber er war nicht mein Erlöser. Ich suchte weiter. Im Koran, im Talmud. Immer wieder musste man glauben, immer wieder Sätze, die durch keine Tatsachen bewiesen wurden, und Tatsachen, für die es keine Erklärung gab. Ich verehrte die Weisheit dieser Religionen. Glauben konnte ich nicht an sie. Irgendwann las ich einen Satz. „Leben ist Leiden." Das verstand ich. „Die Ursache unserer Leiden sind unsere Begierden." Das konnte ich bejahen. Ich war auf etwas gestoßen, das zwar nicht so befriedigend war, wie die monotheistischen Religionen, nicht so einfach für unseren Kulturkreis, nicht so entgegenkommend, aber etwas, das auf einer Wahrheit basierte, die dem Leben entnommen war, einem Leben, das ich so erfahren hatte. Dass Leid in uns ist, weil wir etwas begehren, was wir nicht besitzen, oder ständig zu verlieren glauben, und sei es nur die Gesundheit, das leuchtete mir ein. Ich las viel. Nicht nur buddhistische Quellen. Vieles habe ich verworfen, und wieder weggelegt, andere Dinge aber haben mir Ruhe und Kraft gegeben. So hätte alles laufen können. Vor vier Jahren, beleidigte mich ein Häftling, der mittlerweile schon wieder entlassen ist. Monatelang. Eines Tages warf er ein kleines Handelgewicht nach mir, das mich im Rücken traf. Da drehte ich durch, sprang auf ihn, und schlug ihn für Monate ins Krankenhaus. Da erkannte ich, dass es mehr ist, als die Begierden, die für unser Leiden verantwortlich sind. Es sind unsere Leidenschaften. Die Nuance ist wichtig. Mein Jähzorn wurzelte nicht daraus, dass ich unversehrt bleiben wollte, oder dass ich meine Ehre verletzt sah. Nein, er war vollkommen blind. Alle Leidenschaften sind die Ursache unserer Leiden. Alles Begehren, aller Stolz, aller Jähzorn, alle Liebe, und alle Trauer. Sie sind für eine Welt gemacht, die Täuschung ist. Eine Welt, die es eines Tages nicht mehr geben wird. Wächter, Richter, Anwälte, Häftlinge. In hundert Jahren, ist alles, was von ihnen übrig ist, Staub, der über die Wiesen weht, und vielleicht noch einige Vermerke in den Akten. Und die werden auch eines Tages vergangen sein. Das ist die Wahrheit. Erst wenn wir das erkennen, einsehen und hinnehmen, dass dieses Leben Leiden ist, dann können wir frei werden. Frei von unseren Leidenschaften!" Ich denke an den alten Italiener. Er spricht aus mir. Ich muss lächeln, war ich doch als ich mit ihm gesprochen hatte ein scharfer Kritiker. „Das, was du vorschlägst, ist ein armes Leben…", mein Gesicht stiert immer noch zur Decke, auch der schwarze Buddhist hat sich hingelegt, „es würde bedeuten, von der Geburt bis zum Tod einfach so durchzugehen, ohne Widerstand zu leisten, ohne Spuren zu hinterlassen, ohne Freuden, ohne das, was diesem Leben einen Sinn gibt, ohne uns selbst und die Gemeinschaft mit anderen Menschen."

„Wir selbst, die Gemeinschaft mit anderen Menschen, das sind unter anderem die Dinge, die uns Pein bereiten. Wer einen Menschen liebt, der wird ihn verlieren, wer hasst, der leidet auch unter seinem Hass, wer seiner Gier lebt, der muss immer fürchten zu verlieren. Unsere Sinne sind auf nichtige Dinge ausgerichtet, auf Hüllen und Schalen, die nicht ewig sind, die nichts mit der Essenz zu tun haben."

„Vielleicht sind wir Menschen dafür geschaffen uns in dieser Nichtigkeit zu bewegen. Würden wir sonst überhaupt existieren? Wir haben heute bereits mehr Wissen über diese Welt, als alle Zeiten vor uns."

„Es gibt Menschen, die haben einen Zustand der Zufriedenheit und des Glücks erreicht, durch Tugend, durch Gelassenheit, und indem sie erkannten, dass alles, was wir sehen, nur vergänglicher Staub ist. Was wir lieben, und das, was wir hassen."

„Warum begeht ihr dann keinen Selbstmord. Ihr seht die Nichtigkeit des Seins, ihr habt sie erkannt, warum dann nicht der Freitod, ihr schreckt doch alle davor zurück."

„Das Leben ist eine Suche, ein ununterbrochenes Fragen. Man soll leben, Teil dieser Welt sein, aber man soll sich keine Illusionen machen.

Der Selbstmord wäre nicht das Ende unserer Leiden. Er wäre eine Bestätigung. Erst die vollständige Erkenntnis, das durchdringende Verstehen des Seins ist, was uns wirklich Frieden geben kann."

„Und was ist mit Mitleid?"

„Der Buddha lehrt Mitleid mit allen lebenden Wesen."

„Warum helft ihr dann nicht, warum ziehen sich dann die Buddhisten zurück?"

„Es ist eine Sorge um die Seelen der Menschen, nicht um deren Körper. Dass sie sterben liegt außer Frage. Nur sie zu begleiten, und ihren Schmerz zu lindern, dafür sind die Buddhisten da. Aber natürlich gibt es auch eine entsprechende Ärztetradition."

„Ihr verneint also, dass der Mensch sich selbst einen Sinn geben muss, um seinem Leben einen Wert zu verleihen vor der kalten Notwenigkeit?"

„Der Mensch kann sich natürlich einen Sinn geben, nur er wird blind bleiben und immer nach der Erfüllung dieses einen Zieles streben. Scheitert er, dann wird er leiden. Das Leben ist ein sinnloses Leiden"

„Und wenn er dieses Leiden bejaht?"

„Und wenn er die Möglichkeit hätte überhaupt nicht zu leiden?"

Die Türe geht auf, wieder ein Verhör.

18.

In der Zeit, als wir Menschen noch dem Wüten der Natur unterworfen waren, als Seuchen, Kriege und Dürren noch über alle Länder Europas fegten und der Schnitter Tod die Bevölkerung regelmäßig dezimierte, gab es in England eine Pest. Sie brach zuerst in einem kleinen Ort aus. Die Bewohner des Dorfes beschlossen sich selbst unter Quarantäne zu stellen, um die Ausbreitung der Pest zu verhindern. Die Einwohner der Nachbardörfer stellten Brot und andere Lebensmittel an bestimmten Stellen ab, wo sie später von den Leuten des Dorfes abgeholt wurden und mit Münzen bezahlt wurden, die man in Essig legte, um die Krankheitserreger abzutöten. Es wird der Fall einer Frau erzählt, die in all dem Grauen auf ihrem Hof ihren Mann und ihre sechs Kinder beerdigt hat. Ist es besser geliebt zu haben, und verloren zu haben, als niemals geliebt zu haben? Die Frau würde traurig den Kopf schütteln und es bestreiten.

Meine Gedanken lähmen meinen Körper, der fast ausschließlich damit beschäftigt ist in diesem Bett zu liegen, und an die Decke zu starren, an der ich ständig neue Feinheiten, Teilchen von Putz und so weiter entdecke, und mit dem schon Bekannten vergleiche, wodurch sich ein immer besseres Bild dieses Teiles des Raumes ergibt.

Die Welt läuft weiter. Würde ich nicht existieren, es wäre kein Unterschied. Meine Freundin? Es gibt andere Männer. Meine Freunde? Es gibt andere Freunde. Mein Arbeitgeber? Es gibt andere Arbeitskräfte. Meine Mutter? Es gibt keine anderen Söhne, aber die Welt wird auch über sie hinweggehen. Wir Menschen mögen uns einbilden, oder hoffen, es gäbe irgendeine Form von Gerechtigkeit, eine Art Konto, und weil wir nicht auf Erden ausgezahlt werden, warten wir einfach auf die Zeit nach dem Tod. Aber dort wird unser Konto nicht abgerechnet, weil es dieses Konto nicht gibt, fürchte ich. Wissen tue ich es auch nicht. Vielleicht existiert es doch. Alles Mutmaßungen. Das Einzige, was sicher gerecht ist, ist, dass der Tod zu allen kommt. Zu manchen viel zu früh, das stimmt, zu manchen viel zu spät, das stimmt auch, aber er kommt.

Könnte ich nur lange genug liegen, vielleicht könnte ich meine Haut altern sehen. Jetzt, in diesem Moment, die Beine aufgestellt, die Knie angewinkelt, altert mein Körper. Ich habe keine Lust, keine Lust zu nichts. Hätte ich nun noch Erkenntnis, könnte mein schwarzer Zellengenosse meinen, dann wäre ich schon erleuchtet.

Ich erzähle ihm meine Erlebnisse mit dem Einohrigen. Er hat gerade seine Meditation beendet. Ich erzähle ihm alle Einzelheiten. Ich bin gespannt, wie er reagieren wird.

„Ja, man hat mir von ihm erzählt. Er ist ein bemitleidenswertes Geschöpf!"

„So führt er sich aber nicht gerade auf." Der Schwarze lächelt bestimmt, auch wenn ich ihn nicht sehe.

„Er glaubt andere Menschen zu seinem Vergnügen kontrollieren zu müssen. Er will Macht. Macht bringt nur Rausch. Aber der Rausch kann niemals Glück sein."

„Es geht mir mehr um seine Rechtfertigung. Diese Welt existiert doch nur in unseren Köpfen."

„Ganz recht."

„Kontrolliert man also die Köpfe, dann kontrolliert man auch die Welt."

„Für einen Augenblick vielleicht. Aber diese Welt stürzt sowieso jäh dem Ende entgegen. Welchen Sinn sollte es machen den Geist von Menschen zu kontrollieren, wenn sowieso alles vergebens ist."

„Ein Moment könnte die Ewigkeit sein."

„Nein, auch dieser Moment würde vergehen. Der Rest wäre der kalte Rauch einer Illusion."

„Du weißt doch alles, was du weißt, nur von anderen Menschen. Was, wenn du nie von den asiatischen Meistern gehört hättest?"

„Dann wäre ich jetzt kein, na ja, sagen wir ruhig, Buddhist. Natürlich, was das betrifft sind wir in gewisser Hinsicht stets auf andere Menschen angewiesen. Ein Mensch wird nicht als Einsiedler geboren. Aber es ist nicht das Wissen, was uns zu Menschen macht, sondern das Fragen. Und es ist das Erkennen unserer Nichtigkeit, die uns Freiheit gibt. Außerdem, um welchen Preis hat denn dieser Mann, mit dem du eingesperrt warst, seine Lust zu befriedigen gesucht? Nun ist er verletzt. Druck führt zu Gegendruck. Gewalt zu neuer Gewalt. Das Schwert auf das Schwert. Ausnahmen bestätigen natürlich stets die Regel."

„Glaubst du, dass ein Mensch ohne Gewissen frei ist?"

„Nein, er ist nur glücklich in seiner Verblendung."

19.

Die Verhöre werden nun noch einmal in noch nicht gekanntem Ausmaß intensiviert. „Sie sehen ihre Felle davonschwimmen!", meint mein Anwalt einmal und grinst befriedigt. Sie können einfach keine neuen Beweise gegen mich vorbringen, und ob die Indizien gegen mich reichen ist fragwürdig. Für einen Prozess vielleicht. Für einen Schuldspruch auf keinen Fall. Dazu seien meine Startbedingungen zu gut. Deshalb wollen sie nun alles auf ihre letzte Karte setzen. Ich muss, ich muss einfach gestehen, denken sie sich. Ich kann mich nicht erinnern. Gebetsmühlenartig schlagen ihre Argumente, ihre Vorschläge, ihre Schmähungen, ihre Versöhnungen, ihre Zugeständnisse, ihre Drohungen, ihre Verbrüderungsvorschläge, ihre Vorstellungen von der Tat und ihre Prophezeiungen von allen Seiten abwechselnd auf mich ein, und perln an mir ab. Ich tue das, was ich seit dem Beginn des Ganzen mit größter Beharrlichkeit tue, und in dem ich mir schon fast meisterliche Fähigkeiten erworben habe. Ich schweige ausdauernd, während mein Anwalt spricht.

Sein Scheitel fällt nicht mehr so hart, er hat es nicht nötig. Sein Lachen und seine Freude, seine Empörungen, wie auch seine Argumentation sind souveräner geworden. Seine Haltung in der letzten Zeit, wie auch sein ganzes Gebaren sind erfahrener, lässiger geworden.

Der Fall meines Zellengenossen laufe schlecht. Die Familie wolle nun doch nicht, dass auf den Namen des Toten etwas Schlechtes komme, und mauert deshalb, vielleicht kommt er bald wieder zurück in den normalen Strafvollzug. Ich sage ihm, dass mir das sehr Leid tue. Er lächelt nur, und winkt ab. Das spiele nicht die geringste Rolle. Im Gegenteil, mittlerweile habe er eingesehen wie kompliziert das Leben sei, dass er wahrscheinlich nicht mehr darin zurecht kommen werde. Und dann höre ich ihn zum ersten Mal laut lachen.

Und wenn diese Tage auch nicht enden wollen, so werden sie rückblickend doch zu einem großen gegossenen Block. Die endlose Mühe der einzelnen Momente, die Angst, die Furcht, der sich unendlich hinziehende Wurm. Er ist eins geworden. Eine Erfahrung. Ein Gedanke der Zukunft.

Ich bin wach. Meine Augen öffnen sich. Gerade einen Mittagsschlaf gehalten. Die graue Zimmerdecke über mir. Ich bin wach. Die Software arbeitet wieder. Unter mir keine Lalllaute der Meditation. Ich blicke hinunter. Mein schwarzer Freund sitzt am Schreibtisch und liest ein Buch. Ich steige vom Bett herab, strecke mich. Die Muskeln sind schwach, die Knochen krachen. Warum ist das Fenster eigentlich immer geschlossen? Als ich mich ans Fensterbrett stelle, merke ich, dass es einen komplizierten Mechanismus gibt, mit dem man das Fenster aushängen könnte. Ich habe die Zeit dafür. Mein Zellengenosse nimmt keinen Anstoß daran, schweigt, und liest. Es dauert lange, erfordert Ruhe und Geduld. Tugenden, die man zur Not lernen kann. Dann irgendwann ist es geschafft. Das Fenster ist ausgeklinkt, ich muss es umständlich anfassen, es ist sehr schwer. Ich stelle es auf den Boden gegen die graue Wand. Die bloßen Gitter zerschneiden die frische Luft, die mir warm entgegenschlägt. Es ist heute angenehm warm. Es ist Frühjahr, oder früher Sommer. Ich habe nur wenige Wochen in Haft verbracht. Die Zeit scheint mir ewig, und ist doch nur ein Wimpernschlag. Eine Fußnote. Nahe bei mir ist Beton, die ersten Mauern, die Wände, in denen sich andere Zellen befinden, zu meiner Linken die Glasgedärme des Gefängnisses mit ihrer bizarren Schönheit. Geradeaus in großer Entfernung erstreckt sich eine große, grüne Wiese, umschlossen von Sportplätzen. Für Fußball, Volleyball, einige winzige, punktartige Häftlinge spielen Basketball. Die Sonne scheint, erwärmt alles. Überall Leben. Ich sehe hinter den Sportplätzen die Mauern. Sie sind kein Keil im Fleisch der Landschaft, sie fügen sich organisch in das Ganze ein, lassen die Sportplätze an sich emporranken. Dahinter, außerhalb einige Bäume, ein leichter Wind weht. Diese Welt schwappt in die kleine Zelle, in die ich mich gekauert habe. Selbst mein schwarzer Freund hat sein Buch beiseite gelegt, und blickt an mir vorbei auf den blauen Himmel, die wenigen, flauschigen Wolken. Ein einsames Flugzeug zieht einen Kondensstreifen. Es fliegt nach Westen. Millionen von Menschen kennen solche Bilder, sie sehen sie täglich. Dieses hier sehe nur ich. Der Beton, das Metall, in wenigen Wochen wird es glühen unter der prallen Sonne. Jetzt ist es noch Frühling, es ist angenehm lau. Ich freue mich auf die Städte, die Röcke, die Straßencafés, die langen Nächte, in denen man noch draußen sitzen kann, die Klimaanlagenluft, die einen erschlägt, wenn man aus der Hitze kommt, junge verliebte Pärchen. Die Bäume wiegen sacht im Wind, diese warme Luft trifft Sekunden später auch auf uns. Vögel fliegen durch alle Ebenen des Himmels. Während Menschen sterben und schreien auf der ganzen Welt, liegt vor mir ein Bild des Friedens, gemalt in der Ewigkeit, bestehend nur für den Augenblick. Alle Farben, alle Farben, die ich in meiner Zelle sah. Kein Gedanke springt durch meinen Kopf, nur ein sanftes Rauschen flutet über diese Erde. Der Duft von Benzin ist kurz in der Luft, bald wird der Asphalt klebrig warm sein, die Sonne scheint. Die Basketballspieler legen eine kleine Pause ein. Ein Wachhund springt verspielt an einem Wärter hoch. Ein paar Tränen laufen mein Lächeln hinunter. Ich will diesen Moment niemals vergessen, er ist die Spitze auf die alles zulief. Ich existiere. Ich bin wach. Dann höre ich Schritte auf dem Gang, sie kommen in unsere Richtung. Man kommt, um mir zu sagen, dass ich vorerst aus der Untersuchungshaft entlassen sei, man wird mir sagen, ich könne in meine Heimat reisen. Ich soll mich zur Verfügung halten.